光文社文庫

江戸のいぶき

藤原緋沙子傑作選

菊池 仁=編

藤原緋沙子

光 文 社

『江戸のいぶき　藤原緋沙子傑作選』

江戸のいぶき

藤原緋沙子傑作選

春塵

ふたり静　切り絵図屋清七（一）

一

満開の桜の木の下で、長谷清七郎は木刀を手に正眼の構えで立った。着古して煮染めたような衣服は屋敷内の畑に出ているからだが、彫りの深い面立ちと、痩せてはいるが筋骨たくましき長身には若さがみなぎっている。

対峙する長谷市之進の身なりは、絹の小袖に折り目のついた袴の股立ちをとった姿である。こちらも木刀を上段に構えているが、色白で目は細く、唇は薄く、神経質な面立ちである。

清七郎は二十二歳、長谷家の次男だが下女の腹に出来た厄介者。

市之進は長谷家の嫡男で二十四歳、いずれ当主となる男である。

市之進の顔に蔑みの笑みが漏れた。

一陣の風が吹き、桜の花が市之進の肩に散った。

刹那、二人はその時を待っていたように、地を蹴って一撃した。

互いに交差して走り抜け、清七郎が振り返った時、市之進は右肩を抑えて蹲っていた。

市之進は歪んだ顔で清七郎を見上げた。屈辱と恐怖が交互に顔を染めている。

清七郎は、ゆっくり近づいて見下ろした。

溢れる怒りで市之進を睨みつけたが、木刀を市之進の前に投げ捨てると、背を向けた。

「清七郎さま、お待ち下さいませ」

下男の彦蔵（ひこぞう）が門前まで追っかけてくる。

その声で清七郎は夢から覚めた。だが、清七郎を眠りから引きはがしたのは彦蔵の声などではなかった。本石町（ほんごくちょう）の時の鐘だった。

――またあの夢か……。

清七郎は苦笑して時の鐘の鳴り終わるのを待った。

夢に出てきた市之進との対決は三年前のこと、清七郎に長谷の家を出る決心をさせてくれた出来事だったが、今の境遇に不満はなく、気楽な浪人暮らしが出来るきっかけになったと思えば、夢は悪夢というわけではない。むしろ僥倖というべきかもしれない。

清七郎は今、誰に気を遣うこともない身分だ。寝るのも起きるのも好き勝手だ。

今日のように夢で目が覚めなければ、明け六ツの鐘で一度目を覚まし、再び布団に潜り込んで、起きるのは大概六ツ半か五ツだった。住まいが十軒店（じっけんだな）本石町の裏長屋だから、鐘撞堂は目と鼻の先にあり、鐘は耳元で撞かれているように大きく聞こえる。まだ若い清七郎にはこれが堪えた。

今日もようやく起き出してきて台所に立ったのは、五ツの鐘を聞いてからだ。

清七郎は、飯櫃で固くなった冷や飯を味噌汁の中に入れて腹に流し込み、長屋を出た。

この刻限になれば、大人は家の中で内職に精を出しているか、あるいは外に働きに出ている。

路地を元気に走り回る年頃の子供たちも隣町にある手習い師匠の家に出かけた後だから静かなものだ。家の表でひなたぼっこをする自分の歳も忘れたおなつ婆さんの他には人の影は見えない。

「婆さん、元気だな」

清七郎は家の戸口に出たところで、差し向かいの家の前で空樽に腰掛けている白髪頭のおなつ婆さんに声をかけた。

おなつ婆さんは股を広げて座り、股の真ん中に杖を立て、それに両手を添え、その手の甲に顎を据えて、にこにこしながら清七郎の顔を見ている。

返事を返す訳ではなく、置物のようにも見える。余程天候が悪い日は別として、たいていは家の表でこうして座っているのである。

家族は孫夫婦との三人暮らしだが、孫夫婦は朝早くから働きに出るから、昼間は婆さんが一人である。

まだ二月だ。外は風も冷たい。路地に光が躍り、いくらかぬくもりに包まれるのは昼過ぎのほんのいっときだ。

家の中で炬燵にでも入っていればいいのにと清七郎などは思うのだが、おなつ婆さんは気温の変化に鈍くなってしまったらしい。

清七郎は、おなつ婆さんに笑みを送り返すと長屋の木戸を出た。

冷たい風が表通りを吹き抜ける。

清七郎は襟を合わせると、裾を風に靡かせながらゆっくりと歩を進めた。

急ぐことはなかった。清七郎の懐には昨夜よっぴて仕上げた筆耕が入っている。それを日本橋の絵双紙本屋『紀の字屋』に届けて、手間賃を貰うのが今日の仕事だった。

ただ、その前に品川町の呉服問屋『近江屋』に立ち寄らなければならなかった。

紀の字屋の主藤兵衛に頼まれた仕事だったが、昼前に立ち寄ればいいことになっている。

清七郎は十軒店に並ぶ店を眺めながら、ひな人形売りの声で町全体が活気づくのもまもなくだと思った。

人形市の出る二月二十五日から三月二日までは、この辺りは昼間だけでなく夜も煌々と灯がともり、人形を求める客で混雑を極める。

その光景を見るのも今年で三度目だな、などと思いながら茶問屋『山城屋』の前にさしかかった時だった。

清七郎は、目の前を小さな塊が走り抜けたのを見た。塊は小柄な少年だった。

同時に、

「泥棒！」

店の中から走り出てきた親父を見た。

だが親父が表に走り出てきたその時には、先ほどの塊は道の向い側に見える小路に走り込んで、姿は見えなかった。

親父は目を血走らせて辺りを捜していたが、やがて諦めたのか、

「とんでもねえガキだ！」

吐き捨てるように言い、店の中に引き返した。

店には菓子饅頭『丹後屋』の暖簾がかかっている。

――そうか、あの子は饅頭をくすねたか……。

清七郎は立ち止まり、少年が逃げこんだ路地に目を走らせた。

清七郎の脳裏には、ある気になる光景が浮かんでいた。

さっき猛然と清七郎の前をつっきった少年に覚えがあったのだ。目立つほどの頭でっかち。それに、年格好も着ているものも、清七郎の記憶にある少年に間違いなかった。

その少年の名前も素性も知らなかったが、時々日本橋の上で見かけていた。橋の中程の欄干に寄りかかるようにして座り込み、まるで野生の動物が獲物を物色しているかのような目で、往来している人々の顔を追っかけているのだった。

誰かを捜している目の色だったが、その光の鋭さを敬遠してか、少年に声をかける者はいなかった。歳は十か十一、二歳だと思えたが、人を寄せつけないかたくなな反撥心のようなものがあったからだ。

清七郎はその少年を見るたびに、胸が疼いた。自分の昔を見るような気がしたからだ。気になってしかたがなかった。

――声をかけてやろうか。

そう思っていた矢先に少年は橋の上からぷっつりと姿を消した。昨年の暮れのことだから、かれこれふた月近くになるだろうか。

ただ、清七郎は少年を気にかけてはいたが深く案じていたという訳ではない。捨て子とか浮浪児のようには見えなかったからだ。

食うには困らぬ暮らしをしているのだという事はわかっていた。着ているものは古い木綿の着物とはいえ、いつも綺麗に洗濯されたものだったからだ。

――だが、あの少年がどうやら盗みをしたようだ……。

何かあったのだ。

少年の身の上に、思いがけない変事があったに違いなかった。

そう思った時、清七郎の足は少年が消えた小路に向かっていた。

果たして少年は、小路に入ってすぐの印判屋の横手にある天水桶に、頭隠して尻隠さずの格好で蹲っていた。

「おい、ぼうず」

清七郎が声をかけると、少年は反射的にぎくりと立ち上がって清七郎の方を振り返った。

天水桶に隠れて掠めてきた物を食べていたのではなさそうだった。口元が汚れていない。だが、注意して眺めてみると、下に垂らした手の指に、餅菓子の粉がついているのがわかった。

「な、何か用ですか」

跳ね返す口調で少年は言った。丁寧な言葉遣いだったが、その語気には相手を牽制するような激しいものがあった。

「見ていたのだ。おまえ、餅菓子を掠めてきたな」

「し、知らないや」

少年は、乱暴な言葉遣いで返してきた。

「知らないことはあるまい。その手についている粉が証拠だ。掠めた餅菓子を出せ！」

清七郎は厳しい口調で言い、少年を睨みつけた。

少年は清七郎を睨み返していたが、やがて逆らえぬと悟ったか、頭を力なく垂れると、懐から餅菓子を摑んで出した。

餅には力ずくで握った手の跡がくっきりとつき、破れた餅皮からあんこが飛び出している。差し出した少年の掌は小さすぎて、二つの餅菓子はその掌からこぼれ落ちそうに見える。

清七郎は、その餅菓子を取りあげた。そして腰を落として少年の顔を見た。

「一緒に謝ってやる。行こう」

「……」

少年は唇を嚙んで俯いている。

「代金は俺が払ってやる。余計なお世話かもしれんが、この餅菓子二つのためにお前はこの先長く心を痛めることになるやもしれんぞ。俺はそれがわかっているから声をかけたのだ。見て見ぬふりはできんと思ってな……いや、実を言うと、俺にも覚えがあるのだ。その俺が言っているのだ。わかるだろ？」

「……」

「お前も余程腹が空いていたんだろうが、こういうことは、これっきりにしなくてはな」

少年の顔を覗くと、

「お、おいらは、自分が食べたくて、盗ったんじゃねえや！　おっかさんに食べさせたくて……だから……だから」

少年はきっと顔を上げた。眼を涙の幕が覆ったように見えるが、きかん気の強さが清七郎を睨んだ目の光に現れている。

「そうか……おっかさんにな。わかった、詳しい事情はあとで訊く。だが、盗みは盗みだからな。来い！」

清七郎は少年の手をむんずと摑むと、餅菓子屋に向かった。

「そういう訳でな、代金は俺が払うゆえ、今回のことは勘弁してやってくれ」

清七郎は、少年の頭を摑んで力任せに押し下げた。無言の激しい抵抗が清七郎の掌にあったが、容赦はしなかった。

餅菓子屋の主は憤然として少年を見下ろしている。

清七郎は少年が万引きした餅菓子代はむろんのこと、他にも五つばかりの餅菓子を買い足して代金を支払った。

餅菓子屋の主は、ようやく清七郎には強ばった表情を解いてくれたが、少年には尖った目で厳しい言葉を浴びせた。

「おっかさんに食べさせてやりたいという気持ちはわかるが、今度こんな事があった時には謝ってもすまないよ。今日はお侍さんの顔を立てて腹におさめてやるが次に同じことをやったら番屋に突き出す。いいね」

「……」

少年は黙って頭を下げている。生意気盛りとはいえ年は年だ。

細い肩が、餅菓子屋の主の言葉に押しつぶされそうに見えた。強く摑めばその肩は、砕けてばらばらになりそうな危うさがあった。

「辛い思いをしたな。だがな、今日の、今の気持ちを忘れるんじゃないぞ。いいな」

餅菓子屋の店を出て、少年を本町(ほんちょう)三丁目の浮(う)き世(よ)小路入口まで送ってくると、清七郎は立ち止まり、少年の肩に手を添えて言い聞かせた。

少年の住まいは、浮き世小路を抜けた瀬戸物町(せともの ちょう)だと聞いている。

そこに母親が伏せっていて、餅菓子でも食べさせれば元気になるんじゃないかと考えて手を出したのだと少年は言ったのだ。

「そうだ、名前ぐらいは聞いておこうか。なんという名だ？」

「……」

「おい」

「忠吉(ちゅうきち)」

少年は、小さな声で早口に言った。

「いい名だ。忠吉、持って帰れ。俺のおごりだ」

忠吉の手に買った餅菓子の包みを握らせた。

だが、忠吉はその包みを押し返してきた。

「おいらは、物もらいじゃねえ」

清七郎はふて腐れている忠吉の顔を見て、ふっと笑った。

「盗みはよくて、貰うのはいかんのか」

「これ以上借りはつくらねえ」

「大げさなことを言うもんだな」

「只より高いものはねえ」

「忠吉、お前は相当ひねくれ者だな」

「おっかさんに心配かけたくねえんだ」

「なんだ、そういうことか。なら、こうすればいい。十軒店の清七郎という浪人と仲良くなって、家の掃除を手伝ったら駄賃だといってくれたんだとな」

もう一度清七郎は忠吉の手に、餅菓子の包みを握らせた。

忠吉はそれを摑んで考えているようだった。ほんの呼吸二つか三つの時間だっ

たが、

「わかった、そうまでいうなら貰ってくよ」

餅菓子の包みをしっかりと懐に入れると、浮き世小路を駆け抜けて行った。ませた言い草とはうらはらに、その後ろ姿は躍っているように見えた。

忠吉が角を曲がったのを見届けてから、清七郎は近江屋に向かった。

忠吉についていって母親の様子も見てやりたいとは思ったが、近江屋との約束の刻限が迫っていた。

近江屋は駿河町にある三井越後屋には及ばないが、豪商のひとつである。紺の暖簾に、近江の『近』という字を白抜きにして、堂々とした店構えは、向かい両隣を圧倒していた。

今日も大勢の女たちが大通りに張り出した特設の台に群がっていた。台には安売りの反物が積んであるらしく、品定めをしている女たちの顔が殺気だっているように清七郎には見えた。

「紀の字屋さんでございますね」

清七郎が店に入って名を名乗ると、応対に出てきた手代はすぐに清七郎を奥に上げた。

広間の奥の方で、小太りの男が、数枚の絵を並べて眺めている。近江屋の番頭で、三津蔵（みつぞう）という男だった。

近江屋ではこの春に大々的に呉服の売り出しを計画しているのだが、その景品に人気絵師の団扇（うちわ）をつけようと考えていた。

そこで紀の字屋に発注があり、紀の字屋はすぐに幾人かの絵師の絵を見本として近江屋に渡し、誰の絵にするのか検討をして貰っていた。その返事を聞くのが今日の清七郎の役目だったのだ。

早く絵師を決め、団扇作りに取りかからねば、春の売り出しに間に合わない。

清七郎が三津蔵の側に座ると、

「やっとこのお三方に絞ったのですが……」

三津蔵は膝の前に並べてある三枚の絵から顔を上げて清七郎を見た。清七郎はどう思うかと、その日は訊いていた。

三津蔵の膝前にある絵は、葛飾北斎（かつしかほくさい）の娘で葛飾応為（おうい）を名乗る人の美人画、歌川（うたがわ）広重（ひろしげ）の弟子で鈴木鎮平という者の風景画、そして二代目歌川豊国（とよくに）の役者絵だった。

「暗い絵は駄目、おどろおどろしいものもいけません。相手はご婦人方ですから、ご婦人が好まれる絵でなければなりません」

三津蔵は、三枚の絵を選んだ理由を述べ、ふと不安げな顔をして清七郎に尋ねた。

「しかし、豊国先生はもはやご高齢です。六十は過ぎておられましょう。しかも二代目を襲名したばかりですから、うちの店に置く団扇絵など、本当に描いて下さるのでしょうか」

三津蔵は、若手の二人と違って、歌川流を背負って立つ大御所で、しかももはや老境に入っている豊国が果して納得して描いてくれるのかと聞いてきた。

「案じることはないそうだ。主藤兵衛の話では、豊国は北斎や広重とは違って望まれれば描く、それが若い頃からの絵師としての姿勢だという。ただ、その分、画料をはずんでいただきたい」

清七郎は、藤兵衛から聞いていた話を伝えた。

「わかりました。じゃあ、決めましょう。このお三人方の絵でお願いします」

三津蔵は真剣な目で清七郎に頷いた。

それぞれ刷る絵の数は三百枚ずつ、それを団扇にして近江屋に納める値段は一枚五十文、団扇には宣伝用の文言と呉服問屋近江屋の標（しるし）を入れることもお互いに確認した。

「それにしても、紀の字屋さんは、清七郎さまのようなお方がいらして心丈夫でございますな」

三津蔵は商談を終えると、小僧に茶を運ばせ、にこりとして清七郎を見た。

三津蔵は、こんな大店の番頭らしからぬ浅黒くむくつけき男である。だが、笑みを浮かべると人なつこい顔になった。

番頭は他にもいるらしいが、近江屋ほどの店ともなると、番頭とはいえそんじょそこらの小売り店の主よりは威厳がある。

清七郎は三津蔵に微笑みを返して言った。

「大した役には立ってはおらぬよ。俺は紀の字屋に拾われた身だ」

「ご冗談を……歴としたお家柄のお方だと聞いておりますよ」

三津蔵は探るような目を送ってきた。

――俺が歴としたお家柄のお方であるものか。

近江屋を出てきた清七郎は、自嘲した顔で近江屋の紺の暖簾を振り返った。ふつふつと苦い思いが胸の中を駆けめぐる。

――俺は、追われる思いで家を出た男だ。

俺は一人になった。だが後悔はない。あの屋敷で暮らすより、俺には今の暮らしが合っている。

二

清七郎が人の往来の激しい日本橋を渡り、高札場を横目に見て、通一丁目の紀の字屋の前に立ったのは、まもなくの事だった。

いつもの事だが、紀の字屋の前には人だかりが出来ていた。

江戸の中心、旅の拠点である日本橋通りにある店は、紀の字屋に限らず、旅に出立する者や国に帰る者、江戸に出てきたばかりの浅葱裏の武士たちで賑わっている。

江戸を発つ者たちは絵双紙を土産に買うことが結構多く、天候が悪くなければ紀の字屋の前には人が集まってくる。

また、江戸にやってきたばかりの者たちは、買い物案内、名所案内を欲しがるものだ。

中にはこれから訪ねる武家地や屋敷がわからず、所在地を書いた物を欲しがる者もいるが、これには要望に応じられる詳細な地図はなく、店の者が応対に手をとられて困ることもたびたびだ。

「清さん、親父さんがお待ちかねですぜ」

清七郎がごった返している客をわけて店の中に入ると、手代の庄助と客の応対をしていた小平次が、親指を立ててみせた。

親父さんとは、この店の主である藤兵衛のことだ。人の前では奉公人らしく、旦那さまと呼ぶのだが、うちうちでは親父さんで通っている。また清七郎も、ここでは清さんと呼ばれていた。

小平次は商品の配達や集金を一手に任されている、三十路近い年頃の男だが、紀の字屋で働く前は巾着切りをしていたらしい。

詳しい事情は知らないが、人の懐をかすめて暮らしていた男に、大事な商品や金の扱いを任せる主の藤兵衛の腹の太さには驚く。

しかしそういう過去のある男でも、日本橋に暖簾を張る藤兵衛の信用を得ることで、まるで蛾が蝶に変身したように、小平次はもうすっかりお店者である。声を張り上げて客を上手く捌いている。

店の中には、一枚刷りの浮世絵もむろん置いているが、草双紙絵双紙に人気があって、それらは束にして積んである。

近年は清七郎などが筆耕して販売する書籍なども置いてはいるが、やはり客の多くは絵双紙や浮世絵に興味を示しているようだった。

ああでもない、こうでもない、あっちがいい、いやこっちが欲しいと、客たちは気まま勝手に声を上げて浮世絵や草双紙を庄助や小平次に注文して手にとっている。

清七郎は小平次に小さく頷くと、店の喧噪を尻目に奥に向かった。

藤兵衛は、縁側に座っていた。肩から綿入れ袢纏をかけ、庭に集まっている日だまりを眺めているようだった。

側におゆりという女が寄り添っている。

おゆりは色白の、はっと目を引くような美しいひとだったが、藤兵衛の妾のようでもあり娘のようでもあった。

詳しい話は知らないが、噂では清七郎が紀の字屋の厄介になる半年ほど前に、ずっと独り身を通してきた藤兵衛がどこからか連れて来た女(ひと)らしい。

五十を過ぎた藤兵衛には勿体ないような女だが、通いの飯炊き女中のおとよに指図して、紀の字屋の台所をきりもりしている。

おゆりの白い顔も、藤兵衛の視線に合わせて庭を向いていた。

そこには水仙がひとかたまりになって黄色い花を咲かせている。

表の賑々しさは二人の耳にも届いている筈だったが、二人は黙って静かに庭を見詰めていた。

清七郎は声をかけるのを躊躇(ためら)った。二人に遠慮したのではない。いつもの藤兵衛とは様子が違って見えたからだ。側におゆりがいるにもかかわらず、藤兵衛の丸めた肩に孤独が滲み出ているように感じたからだ。

「あら」

おゆりが振り返って清七郎に気づき、藤兵衛に報せた。

藤兵衛は小さな声を上げて清七郎を見迎えた。すぐに立ち上がり座敷に入って来たが、少し左足を引きずっていた。

脚気(かっけ)を患って医者にかかっている事は聞いていたが、おゆりの手を借り、痛めた左足を庇うように伸ばして座ったのを見ると、治療ははかばかしくはないのだと清七郎は思った。

「お待ちしていましたよ。どうぞ」

おゆりは清七郎にも座を勧めると、自分は台所に向かった。

「近江屋と話をつけてきたぞ」

清七郎は藤兵衛の前に座ると、近江屋から持ち帰ってきた三枚の絵を並べた。

「この三人に決まった。三百枚ずつ刷ってほしいそうだ。団扇一本五十文で話をつけてきたが、それでよろしかったですかな」

「結構です。応為と鎮平には四百文、豊国先生には五百文。彫りと刷りに三千文、文字の書き入れはうちでやるとして、後は団扇に仕上げる手間賃だけです。全部で九百本の注文なら、利は七両はある。商いとしてはたいした儲けのあるものではございませんが、絵双紙屋は薄利多売、それでいいのです。清七郎さんもすっかり商いが飲み込めてきたようですな」

藤兵衛は満足そうに言った。先ほど藤兵衛を包んでいた孤独の色は藤兵衛の体からはもう失せていた。絵双紙屋の主としての、引き締まった顔が清七郎を見ていた。

おゆりがお茶を出して引き下がると、

「いや、他でもありません。私があなたを待っていたのは別の話があったのです」

藤兵衛は清七郎が持ち帰った絵を重ねて横手に置くと、体を起こして、じっと清七郎を見詰めた。

「実は、私はそう遠くない日に歩けなくなるかもしれません」

「……まさか」

清七郎は面食らった。藤兵衛の顔を見、それから膝から足にかけて視線を走らせた。

折にふれて店で藤兵衛と接しているので確かに歩行に支障が出ている事は承知していたが、脚気という病が、それほど急速に体を蝕(むしば)んでいくなどとは考えていなかった。

藤兵衛は病んでいるとはいえ、まだ血色はいい。足を引きずる他はこれといった病人らしき気配はない。

半信半疑で藤兵衛の顔に視線を戻すと、藤兵衛は苦笑を浮かべて話を継いだ。

「医者がいうのです。間違いありません。そこでいろいろと考えましたが、私には妻もいないし子もいない。紀の字屋をもう畳んでしまおうかと思ったのですが……」

「………」

「私の命を注いできたこの店を、易々と畳んでしまっていいものかと考えましてね。そこでです」

藤兵衛はぐいと清七郎に顔を寄せると、

「どうでしょうか。清七郎さん、あなたにこの店をやっていただくというのは……」

「紀の字屋……」

清七郎は絶句して藤兵衛を見た。突然の申し出にうろたえた。

「あなたにならお譲りしてもいい。もちろん、そうなりますと、あなたは腰に差している物を捨てなければなりません。その覚悟があなたにあればの話ですが……」

じっと藤兵衛は清七郎を見た。清七郎の表情の動きを見定めている。

これはただの茶飲みばなしではないようだ、と清七郎は思った。藤兵衛の顔は真剣だった。

清七郎は一呼吸置いてから言った。

「有り難い話だが、この俺には無理だ。二本差しに未練がある訳ではないが、商いの才覚があるとは思えぬ。譲り受けた店を潰したとあっては詫びようもない」

「いいえ、あなたには十分才覚はおありです。あなたは逆境を乗り越えてきたお方だ。私が言うのも僭越（せんえつ）ですが、あなたには立ちはだかる困難を払いのける才覚があります。けっして私は的外れなことを言っているつもりはございません」

「…………」

清七郎は黙然として藤兵衛の顔を見た。

自身の過去について藤兵衛に話した事はなかったからだ。ただの食い詰め浪人として紀の字屋に出入りしていたのだ。

「驚くことはございません。私もこの日本橋で長い間暖簾をかかげてきた商人です。清七郎さんのこれまでのことは、とうの昔に承知しておりました」

「…………」

清七郎は、自身が丸裸にされて見詰められているような気分だった。紀の字屋藤兵衛は、人を使って清七郎の過去を調べ上げたのかもしれなかった。

ただの商人と思っていた藤兵衛が、急に得体の知れない男に見えた。紀の字屋の底知れない洞察に、清七郎は気圧(けお)されていた。

藤兵衛は微笑して言った。

「何、いますぐ返事をということではございません。よくお考えになって下さって結構です」

「おい、待てよ。清七郎さんよ、待ってくれ」

紀の字屋を出て日本橋に足をかけようとした清七郎に、後ろから声がかかった。

立ち止まって振り返ると、与一郎（よいちろう）が追っかけて来ていた。色の白い、一見優男（やさおとこ）だ。

与一郎も紀の字屋の仕事に関わる一人で、安価なみやげものの浮世絵を描いている無名の絵師だ。

また、店先で客の注文を受けて似顔絵も描くし、小平次と並んで客の相手もする。

あれやこれや器用にこなして、ようやく糊口（ここう）を凌（しの）ぐ、清七郎と同年の絵師崩れだ。

先ほど店にはいなかった気がしたが、清七郎を追っかけて来たところをみると、使いにでも出ていたものか。

「何だ、何かあったのか」

はあはあと息を弾ませている与一郎に、清七郎は言った。

「何かじゃないだろう」

与一郎は激しく肩で息をつきながら、清七郎を上目遣いに睨んだ。

「どうして私に黙っているのだ、水臭いじゃないか」

高札場が見える茶屋に入っても、与一郎はぴりぴりした口調で言った。

「何のことだ。はっきり言えよ。奥歯に物の挟まったような言い方はするな」

清七郎は言い返した。同い年だと思えばこそ、お互い気の置けないやりとりをして来たが、今日の与一郎の様子は普段とは違った。

「チェ、よく白を切れるもんだな。小平次の兄いから聞いたんだが、親父さんはあんたに紀の字屋を任せると言ったそうだな」

きっと見る。与一郎は童顔だが、抜け目のなさそうな眼が、嘘は通じないぞと言っているようだ。

「何だ、そのことか。随分早耳だな」

「地獄耳だ。俺じゃない、小平次兄いのことさ。兄いは早くから気がついていたんだ。親父さんの病が思いのほか重くて、いずれ親父さんは店を手放すんじゃないかと庄助と心配してたんだ。そしたら、清さん、あんたが呼ばれた。それで察しがついたって訳だ」

言葉の端々に敵意が見られる。

――そうか……。

と清七郎は気づいた。与一郎は俺が紀の字屋を譲り受けると聞いて、それが気に食わずに追っかけてきたのだ。

与一郎は顔に似合わず気むずかしいところがある。これまでにも、たとえば、与一郎が手がけた浮世絵の置き場所を、与一郎の居ないときに勝手に隅に移動させたりすると、俺の意も聞かずに許せんなどとぶんむくれることがあった。

そうかと思うと、清七郎や小平次に一杯おごってやるなどいい顔をする。気まぐれでわがままなところがあった。

清七郎は言葉を選んで言った。

「いや、話はまだ決まったわけではないんだ。何しろついさっき、店を畳むかもしれないと聞いて驚いたばかりだからな。親父さんの申し出を受けるか否かはこれから考えることだ」

「ふん、清七郎さんよ、お前さんなんかに絵双紙屋など出来るものか」

「……」

「それにしても見損なったよ、親父さんを……絵のことなら清さん、あんたより俺の方が明るい。だろ？」

与一郎は盗み見るような目で清七郎の顔を窺うと、

「親父さんは、私のことは何も言わなかったのか？」

おかしいじゃないかと言いたげな声音で訊いてきた。

清七郎は笑った。自分も店の跡を継ぐ器じゃないが、目の前の与一郎に至っては店を営むには暮らしに問題が多すぎる。

与一郎を問い詰めた事はないが、着崩れた女と盛り場を歩いていた与一郎を二度ほど見かけている。

しかもどうやら博奕場に出入りしていた形跡があるという噂も聞いている。

「今笑ったな……何がおかしいんだ。私だって本気になれば絵双紙屋ぐらいはやれる」

「なら自分で親父さんにかけ合ってみたらどうだ。お前がそれほど自信満々ならな」

清七郎は皮肉をこめて言った。

与一郎は口を噤んだ。大きくため息をつくと、

「もういい」

憮然として立ち上がった。

「まあ待て。良いだろう、俺は気持ちが固まればお前に話そうと思っていたのだ

が、親父さんはこう言ったのだ。与一郎は良い右腕になる筈だと」

「ふん」

与一郎は、ちらりと清七郎を見た。まんざらでもなさそうな顔をした。だがすぐにその表情を消して、

「言っとくぞ。私はあんたの下では働かん。あんたが、紀の字屋の暖簾を継いだら、私は紀の字屋と縁を切る」

与一郎は言い捨てると背を向けて外に出て行った。

三

「清七郎さま！」

女は驚きの声を上げると、膝にかけていた布団を剝ぎ、足を引きずって三畳の板の間に手をついた。

四十を過ぎたばかりかと思える、ふっくらとした女だった。着ているものは粗末だったが、長屋にずっと暮らして来た人には見えなかった。

板の間の後ろに見える四畳半ほどの畳の部屋の片隅には、小さな紙箱が積んで

あり、女はその前で伏せっていたようだ。

板の間との間には長火鉢が置いてあり、煮えたぎった鉄瓶が白い湯気を立てていた。

「おみねと申します。昨日は忠吉がお世話になりまして、ありがとうございました。餅菓子は美味しく頂きました」

女は両手をそろえて頭を下げた。

「忠吉はいないのか」

「昔のお得意様に筆を届けに参りましてね、もうそろそろ帰って来る頃だと思うのですが」

おみねは不安げな顔で戸口に目を遣り、佐藤(さとう)家に行かせたのは初めてのことだと言った。

「そうか、筆を商っていたのか」

清七郎は、部屋の奥に積んである小箱をちらと見た。

「はい。昨年の春ごろまでは、飯田町(いいだまち)の中坂で『笹子(ささご)屋』という筆屋帳屋を営んでおりましたのです。ですが火事で、家も亭主も亡くしてしまいました」

とおみねは言った。

出火は笹子屋の店から三軒坂下の葉茶屋だったが、おみねたちが半鐘の音を聞いてから家が火に包まれるまで、あっという間のことだった。近くにあった物を持てるだけ持って表に飛び出したが、夫と奉公人二人が商品の筆を一本でも多く運び出そうとして、頭から水をかぶって燃えさかる店の中に入っていった。

だが意外に火の手は早く、持ち出した筆はほんの一部で、後は家と共に燃え尽きてしまったのだという。

あれがその時持ち出した筆です、とおみねは後ろを振り返って奥の部屋の壁際に積み上げてある箱に視線を遣った。

「ところが、亭主は煙をたくさん吸っていたらしくて、翌日容体が急変しましてね、亡くなってしまいました」

おみねは深い息をつくと、話を続けた。

何もかも失ったおみねは、奉公人に暇を出し、忠吉と二人で、つてを頼ってこの瀬戸物町の裏長屋に越して来た。

「でも、火事場を逃げ出す時に足を痛めましてね。それで、売れるものは全部売って食べてきたんですが、そんなお金はすぐに底をつきました。働きに行きたくてもこの通りです。自由に動き回ることが出来ません。それで……」

恨めしそうに投げ出した足をおみねはさすった。

「医者には診せたのか」

清七郎は聞いてみた。

おみねは、弱々しく首を横に振った。

「そうか、それで忠吉が商いに出たのか。感心だな忠吉は……昨日も餅菓子をおっかさんに食べさせたい、そうすればきっと元気になるんだなどと言っていたが」

「忠吉がそんなことを……」

おみねは驚いた声を上げた。

「そうだ。実を言うと、俺は昨年の暮れから日本橋の上でたびたび忠吉を見かけていたのだ。その時から、何か事情がありそうだと思ってはいたのだが、見かけによらず孝行息子だな、忠吉は」

「長谷さま」

おみねは、声を改めて清七郎を見た。

「あの子は、私が腹を痛めた子じゃないんです」

「何……」

「しかも、まだ親子の縁を結んで日も浅く、忠吉が私のことを、おっかさんと呼んだことは、これまで一度もありませんでした」

おみねは意外なことを言った。

「実はあの子は、三つの時に、あの橋の上に、ええ、日本橋の上に捨てられていた子なんです」

「……」

「あたしと亭主が通りかかって、泣いているあの子を連れて帰ってきましてね。もちろん、番屋には届けました。もしも両親が現れたら、飯田町の笹子屋に迎えにきてくださいってね……」

おみね夫婦には子がいなかった。最初から忠吉を倅として育てたかったが、番屋に届けた経緯もある。

倅として育てていてもひょっとして両親が現れたりすれば、生みの親に返してやらなければならない。そんなことになったら、かわいそうなのは忠吉だ。

そこで十歳になるまでは様子をみて、生みの親が現れなければそこで倅に直せばいい。しばらくは店の子として育てようと亭主が言い、おみねも納得した。

だから忠吉は、最初は笹子屋の小僧として育てられたのだった。

救いは三歳の忠吉に、自分の名のほかには両親のことも含めて生家の場所など確かな記憶というものがないことだった。二人は、忠吉の両親が現れないことを祈った。

願いが通じたのか、忠吉の親は現れることはなかった。

去年の正月、忠吉が十歳になった時、おみねと亭主は、忠吉を座らせてこれまでの経緯を話し、養子にすると伝えた。

忠吉は面食らっていた。

おみねの亭主は、先々は店を忠吉に託すつもりで育てていたが、その躾は厳しかったから、突然息子にすると言われても忠吉は腑に落ちなかったのかもしれない。

ありがとうございます、と忠吉は膝を揃えて手をついたが、おとっつあん、おっかさんとは、なかなか呼ぼうとしなかった。

なあに無理もない、これまで、旦那さま、おかみさんと呼んでいたのだ。急におとっつあん、おっかさんと呼べと言ったって照れくさいんだ。案ずることはない、今に腹を痛めた子のように甘えてくるさ。これまで親子として暮らしてなくても、私たちがどんな気持ちで育ててきたかわかっている筈だ。

亭主はおみねにそう言って慰めた。

亭主の言う通りだ。じっくり見守っていこうと心を決めた矢先、火事に遭ったのだ。

笹子屋は跡形もなくなり、長屋に引っ越してきてからは食べていくのがやっとの暮らしになってしまった。

忠吉を養子にした時とは、状況がすっかり変わってしまったのだ。

「忠吉をこんな所に縛りつけておいていいのだろうか。ひょっとして生みの親は捜しているんじゃないだろうか。あの橋の上に行けば、両親に巡り会えるのではないか。両親が私よりいい暮らしをしているのなら、忠吉はそちらで暮らすほうが幸せではないのか。悩んだ末に、私はあの子を日本橋にやったのです」

おみねは呼吸を整えた。そして苦笑して言った。

「そのとき、あの子はこう言いましたよ。おいらがここにいては邪魔なのかって……おいらはおっかさんの子じゃないのかって」

「……………」

「せっかくおっかさんと呼んでくれたのに、私は冷たく言ってやったんですよ。

お前に食べさせる米はもうないんだって。もうお金がないんだよって」

「……」

「忠吉は黙って橋に出かけました。忠吉はもう私をおっかさんとは呼ばなくなりました。おかみさんという言葉さえも使わなくなりました」

おみねは寂しそうな顔をしたが、苦笑して言った。

「そりゃそうですよね。あたしはひどいこと言ってしまったんだから……。それなのにあの子は、この足がちっとも良くならないのを見て、おいらが働くよ、だからここにおいてくれって、そう言ったんですよ」

おみねは言い、袖で目頭を押さえた。

「忠吉はわかっているんだ、おっかさんがどんな気持ちでそう言ったのか」

「そうだといいんですが」

「案ずることはない。俺もたいした力にはなれぬが、また来る」

清七郎が腰を上げた時だった。

乱暴に戸が開いて、額を血だらけにした忠吉が土間に転がり込んで来た。

「忠吉！」

おみねが仰天して声を上げた。

清七郎は、すぐに忠吉を抱きかかえて板の間に寝かした。

忠吉の懐からは潰れた箱が覗き、その箱の中から筆が数本飛び出していた。箱にも筆にも血糊がついている。

「いったいどうしたのだ。誰にやられた！」

「お、お屋敷の、中間だ」

忠吉は切れ切れに言った。

「中間……まさか佐藤さまのお屋敷の中間が、おまえをこんな目に遭わせたのかい」

おみねは動揺した顔で忠吉の顔を見た。

「佐藤さまの、お屋敷かどうか、おいら、わからなくなったんだ。それで、中間に尋ねたら、いきなり殴ったんだ」

「笹子屋の者だと言ったんだろ」

「笹子屋なんて、聞いたこともねえって言われた」

忠吉は唇を嚙んだ。

おみねは不自由な足を引きずって台所に立ち、金だらいに湯を入れると、手ぬぐいを浸して床の上をすべらすようにして持って来た。

どうやら忠吉は、番町にある佐藤太郎左右衛門という屋敷を訪ねたつもりらしいが、屋敷を間違えたようだった。

おみねは口伝えで屋敷の場所を教えていたというのだが、どちらを向いても同じような武家屋敷が並んでいる場所だ。しかもどのお屋敷にも表札が掲げてある訳ではない。

忠吉は立ち往生し、おおよそここだと見当をつけた屋敷の門番に尋ねたらしい。だが、門番はいきなり六尺棒で忠吉を叩いて追い返したというのだからひどい話だった。

「ご免よ、忠吉。おまえを行かせなきゃこんなことにはならなかったのに」

湯で濡らした手ぬぐいで忠吉の額の傷を清め、泥で汚れた手を丹念に拭いていたおみねは呟く。

「こんなに小さな手のお前を……」

涙で膨らんだ目で忠吉を見た。すると、

「おっかさん……」

ぽろりとこぼした涙と一緒に、忠吉は言った。

「忠吉」

おみねの顔に喜びが走った。おみねは慌てて忠吉の涙を掌で拭ってやると、愛おしそうに忠吉の顔を見た。

すると、

「これぐらい、何ともねえや！」

忠吉は照れくさそうに言い放った。

忠吉の手当てを終え、瀬戸物町の長屋を出た途端、清七郎は路地を走ってきた強い風に見舞われた。

風には、二月とは思えない肌を刺すような冷たさがあった。日中暖まっていた地表の温度も一気に雲散霧消したようで、冷えは足下からやってきた。

空を仰ぐと灰色の雲が流れ、西に傾いた日の光を遮って、そこから急に夜の気配がおおいかぶさってくるようだ。

清七郎は、ふいに襲って来た強い風に顔をそむけた。こういう時には息をするにもこつがいる。土煙を吸い込まないように注意を払いながら、本町の外科医桂東伯(かつらとうはく)の診療所を訪ねた。

東伯は蘭医で奥医師だった。腕が良いと評判の医者である。しかも薬礼が払えない者も診てくれる人徳の医者だと聞いている。

半年前だったか、東西の医者番付表という刷り物を作って、紀の字屋の店頭に置いたことがあったのだが、その時清七郎は東伯に会って話を聞いている。東伯の人柄には感じ入るものがあった。

紀の字屋は江戸の情報を知りたがる客のために、その時々で様々な番付表をこしらえて販売していた。医者番付もそのひとつだった。

その時の記憶を頼りに清七郎が冷たい風を縫って東伯を訪ねたのは外でもない。おみねの足が治る見込みはあるのかないのか、一度でもいいから診察を頼むつもりだった。

治る見込みのあるものなら、自分が治療費を負担してでも、治してやりたいと考えていた。

怪我をした忠吉と、忠吉の手当てをするおみねの姿は、瀬戸物町の長屋を出てきてからも、清七郎の頭から離れることはなかったのだ。

二人の姿は、遠い昔、肩を寄せ合って暮らしていた頃の母と自分に重なって見えたからだ。

清七郎にはもはや人ごとではなくなっていた。お節介と言われようと、見過ごす事は出来なくなっていたのである。

だが、前垂れで手を拭きながら出てきた東伯の若い弟子に、先生は往診に出ていて留守だと告げられた。

清七郎は東伯を訪ねた趣旨を弟子に告げ、診療所を後にした。

十軒店の長屋に戻ったのは、路地が薄闇に覆われ始めた頃だった。おなつ婆さんの姿もなかった。

薄暗い家に入って行灯に灯をともし、長火鉢に炭を熾すと、清七郎は畳の部屋の壁際にある、そうめん箱の上の小さな位牌に手を合わせた。位牌は母のものである。

そうしてから、位牌を畳に下ろし、そうめん箱の蓋を取って、中から二つ折りにした紙を取り出した。

紙は数枚重なっている。大判の美濃紙だった。

折り目を広げると、一辺が一尺三寸（およそ四十センチ）、もう一辺が九寸（二十八センチ）の紙に、江戸市中の絵図が書いてあった。

紙の端には『御府内往還其外沿革図』と題されていて、一枚ごとに番号が振ってある。

江戸市中の建物、道路、橋梁、空閑地、その他の子細を墨で書き上げた手書きの絵図だった。

この数枚の絵図は、かつて父親の長谷半左衛門（はんざえもん）が用済みとなった古い資料を納戸にしまうのを清七郎が手伝っていて見つけ、もらった物だ。

御府内の絵図などというものを目にすることは滅多にあるものではない。清七郎は初めてだった。作業の手を止めて見入っていると、好奇心あふれる清七郎の目に気づいたのか、半左衛門が声をかけてきた。

「どうだ、興味があるか……わしの仕事はな、多岐にわたっているが、御府内の作事や普請に関するもろもろの費用その他を検査視察するのもその一つだ。作事や普請に不正があってはならないからな。その絵図は普請方から提出させたものだが、そんなに気に入ったのならお前にやろう。ただし、これはむやみに誰にでも披瀝してはいかん」

慈愛に満ちた目で半左衛門はそう言ったのだ。

滅多に言葉を交わすこともなかった父の優しい眼差しにあって、清七郎は戸惑ったが嬉しかった。

清七郎は手渡されたその図を胸に抱いて自室に走った。目を皿のようにして眺め、あれやこれやと町の辻や路地の奥に空想を巡らせて楽しんだ。

だが、そのうち、なぜ心底から恨み続けてきた父に、野良犬が餌を差し出されて尻尾を振って食らいついたような態度を自分はとったのかと清七郎は屈辱感にさいなまれた。それからはこの絵図も、母の位牌を置いているそうめん箱の中にしまったまま、今日に至っていた。

清七郎が十七歳の春のことだったから、かれこれ八年余の歳月が流れている。

その絵図を、取り出して見分してみようと思いついたのは、忠吉が今後得意先を訪ねる時の助けになればと考えたからだ。

だが、やはり絵図を目の前に引き出して眺めてみると、感慨深いものがあった。

今でこそ清七郎は、自身の生い立ちを冷静に受け止めることが出来るようになってはいるが、つい最近まで、消そうとしても消すことの出来ない父への積年の憤りに、絵図を箱の中に封じこめたまま生きてきた。八年の歳月が清七郎にもたらした変化は、自身にも意外なものだった。

清七郎の父、長谷半左衛門は、勘定組頭を拝命している旗本である。

家禄は三百石だが、組頭は三百五十俵高、お役料も百俵を賜っているから、実質四百五十石の収入がある。

調査のために出張すれば物書料が支給されるし、大名家からの付け届けも御高以上のものがあり、家計は潤沢だった。しかも勘定組頭という部署は、さらなる出世も望める恵まれたお役である。

ところが清七郎はというと、長谷半左衛門の庶子として生まれ、半左衛門の倅として公に届けられることなく今日まで生きてきた日陰の身だ。長谷の家の恵みを受けたことのない人間だった。

半左衛門が、長谷家の一人娘多加（たか）の婿養子として入った人間だったことと、清七郎の母が長谷家の台所女中だったことが災いし、清七郎は部屋住み以下の家士の存在だったのだ。

とどのつまり半左衛門の妻多加は、清七郎の母おしのの腹に子が出来たと知ると烈火の如く怒り狂い、半左衛門に断りもなく、おしのを屋敷から追い出したのだった。

おしのは、裏長屋で一人で清七郎を産み落とした。

そしておしのは、清七郎が乳離れをすると、屋敷を出る時に用人から手渡された僅かな金で、横町に間口一間半ほどの小さな小間物屋を開いた。長谷家には頼らず、女手ひとつで清七郎を育てる決心をしたのだった。

清七郎も忠吉の年頃には、体を弱くした母に代わって小間物の配達をし、集金や仕入れまでやってのけていた。

遊びたい盛りに親の手助けをする清七郎を見て、仕入れ先の商人たちは皆同様に同情を寄せ、町の人たちも贔屓にしてくれて、店はつぶれることなく二人の暮らしを支えてくれていた。

人の善意が自分たちを生かしてくれている。この受けた恩を忘れずに、いつか自分たちも人様のお役にたてるようにと、清七郎の母は口癖のように言っていたし、店を手伝う清七郎も子供ながらそう思っていた。

清七郎が自身の生い立ちを知ったのは、八歳の時だった。長谷家の使いでやってきた下男の彦蔵が母親と話しているのを聞いてしまったのだ。

その時の彦蔵の話によれば、正妻の多加は、清七郎を長谷家の血の繋がった子としては絶対認めない、それを肝に銘じるようにと、おしのに引導を渡しにきたようだった。

長谷家では、物心ついた清七郎が、この先に厄介な望みを持たないように釘を刺すつもりで彦蔵を寄越したらしい。

少年の胸が傷つかない筈がない。長谷家の一人娘の多加に頭が上がらず、そんな事を改めて言ってよこす父への恨みが募った。

——自分はきっと立派な商人になって、自分と母親を捨てた長谷家の者たちを見返してやる。

清七郎はその時そう決意したものである。

ところがその決意も、果たせなくなってしまう。

清七郎が十二歳になってまもなくの事、母親のおしのが突然亡くなったのだ。

それは春先の、寒い朝だった。体をゆすっても起きてくれない母親の異変に気づいて、隣のおかみさんを呼んで見てもらったところ、おっかさんは亡くなったよ、隣のおかみさんはそう言ったのだ。

清七郎の運命は、ここでまた大きな転換を余儀なくされたといっていい。

母の死により清七郎は、長谷家に引き取られることになったのだ。

だが、あくまで半左衛門の倅としてではなく、長谷の姓だけは許されたものの、身分はあくまで家士（かし）としての扱いだった。

住まいも若党や中間が住む長屋のひとつをあてがわれた。

父親と話す機会すらなかったが、家が勘定組頭を拝命していたために、四書五経などの勉学に加えて算勘を修得するよう命じられた。また剣術は、兄の市之進と同じ道場へ通うことはかなわなかったが、父の知り合いだった一刀流の岸井(きしい)兵庫(ひょうご)という初老の剣客に習うことが出来た。

ただ、それ以外は、食べる物も着る物も、長谷家の者たちとは違っていた。

清七郎には、忘れようとしても忘れられない情景がある。

清七郎が長谷家に引き取られてまもなくのことだった。

茅が伸びた土手の道を、剣術の稽古着いっさいを竹刀にくくりつけて肩に担いだ十三歳の清七郎が、二歳年上の兄の市之進に遅れまいとして懸命について行く。

清七郎が肩に担いだ稽古着一式は市之進の物だった。市之進は神田(かんだ)の千葉道場に通っていたから、清七郎はその供を多加から言いつけられたのだった。

清七郎の肩に荷は重かった。顔を真っ赤にして歩いていく。しかもその姿は、洗いざらしの木綿の着物、膝で切り捨てたよれよれの短い袴、足下は履きつぶしたわら草履である。

一方の市之進は、藍色の絹の小袖に仙台平の折り目のついた立派な袴で、足下はおろしたての履き物だった。

だが清七郎が子供心に哀しく思ったのは、その身なりではない。市之進が歩きながら頬張っている、白いふかふかの饅頭にどうしても視線がいくことだった。

腹の虫が騒ぐのを止められないことだった。

市之進が饅頭を食べ終わるまで、清七郎の目は、市之進の手元から離れることはなかった。子供心にもいじましいと思うのだが、市之進がこれみよがしに饅頭をうまそうに口に入れるのをじっと見ている。

すると市之進が立ち止まって、じろりと横目で清七郎を見たのである。

——分けてくれるのか。

密かな期待をして市之進の顔を見た清七郎を、市之進はさげすんだ目で見て笑った。

そして大口を開けると、残りの饅頭を、大げさな動作でぱくりと口に入れたのだった。

清七郎は慌ててうつむいたが、その時胸に広がった屈辱は忘れることが出来なかった。

しかし、外に頼る当てもなく、長谷家を出る勇気も才覚もまだ育っていなかった若年の清七郎は、そうして三年前まで、長谷家の家士として暮らしてきたのだ。

だがある日、市之進に突然木刀を渡されて試合を強要されたことが、今思えば屋敷を出るきっかけとなったのだ。

それは命令だった。断ることは出来なかった。

もし、清七郎が兄に負ければ、足腰立たない程打ち据えられるのは明白だった。逆に清七郎が勝てば、さらなる嫌がらせが待っているに違いなかった。

だが、清七郎は勝った。突然春塵が押し寄せてきて兄が体勢を崩したその隙に乗じて、兄から一本取ったのだ。

その時、桜の花弁が舞う木の下で卑屈に顔をゆがめて睨んでいる市之進を見て、清七郎は潮時だと思った。

──自分は屋敷にいてはいけない。長谷家のためにも自身のためにも……。

どこかでこの機会をひそかに待っていたようにさえ清七郎はその時思った。屋敷を出ることは心底から願っていたことなのだと──。

だが、そうしてこの長屋に住み始めて三年が経つが、その先が清七郎には見えないでいる。兄に一本とった時に味方してくれた風塵は、今清七郎の前に立ちはだかって行く先を遮っていた。

しかし、封じこめていた御府内の絵図を久しぶりに前にして、清七郎は次第に心の高ぶりを感じていた。

清七郎の脳裏には、忠吉の事とは別に、紀の字屋藤兵衛の言葉が蘇っていた。

あれからずっと胸の中で問答していたのだ。藤兵衛の意を受けてよいものかどうか……決心がつかなかったが、ひょっとしてこの絵図が、答えを出してくれるかもしれないと思ったのだ。

——藤兵衛が承知してくれるかどうかだが。

まずは忠吉に手を貸してやりたい。

体を絵図から起こして大きく息をついたその時、清七郎は遠慮がちに戸を叩く者のいることに気づいた。

「誰だ？」

清七郎は上がり框まで足を運ぶと、戸のむこうにいる人影に問いかけた。

人影は提灯をぶら下げていて、その提灯の明かりが、背の低い男を照らしている。

「はい、清七郎さまでございますね。彦蔵でございます」

声は長谷家の下男彦蔵だったのだ。

四

翌朝のことだった。

——おや。

清七郎は差しこんできた光の中に、薄い風呂敷包みのあるのに気がついた。それは板の間の隅に、遠慮がちに置いてあった。絵図を懐にして出かけようとしたところだったが、風呂敷を引き寄せた。

「おつねさんから預かってきたものです」

昨晩彦蔵が、帰り際にそんなことを言っていたのを思い出した。それがこの包みだったのかと思った。

おつねというのは、長谷家で掃除や台所の下働きをしている初老の下女だが、清七郎が長谷家で暮らしていた頃には、彦蔵とそのおつねに随分と世話になっている。

おつねは、彦蔵が清七郎への使いを頼まれたと知って、手土産を持たせてくれたに違いなかった。

ただ昨夜は、彦蔵が持ってきた伝言を、清七郎が快く承知しなかったものだから、彦蔵はもごもご言っただけで、慌てて引き返して行ったのだ。

彦蔵が持ってきた父親長谷半左衛門の伝言は、一度屋敷に顔を出すように、というものだったが、

「俺は長谷家を出てきた身だ。長谷家とはもう関わりがない。お前からそう伝えてくれ」

即座に清七郎は言った。すると彦蔵は、

「この年寄りが口幅ったいことを申すようですが、清七郎さま、旦那さまは常に清七郎さまを案じていらっしゃいました。身の立つようにしてやらねばとおっしゃっておられました。清七郎さまがお父上さまを恨まれるお気持ちがわからない訳ではございませんが、今からでも遅くはありません。長谷家と縁を切るなどとおっしゃらずに、どうぞ細く末長くの気持ちをもって、旦那さまのおっしゃる通りになさいませ。そのうちにはよい事がきっとございます」

遠慮がちにそう言うと、そそくさと帰って行ったが、せめておつねへのお礼の伝言を頼むべきだったと後悔しながら、清七郎は風呂敷の結び目を解いた。

包みには、真新しい木綿の肌着が入っていた。

手にとって見てみると、後ろ襟の付け根のところ、それに袖口のふきの留めの所に、赤の絹糸をひと針縫い込み、半寸ほど糸を流して切ってある。

やはりおつねさんが縫ってくれたものだ、間違いないと清七郎は思った。

長谷家で暮らしていた時も、おつねは二度ほど肌着を縫ってくれたが、その時も同じように赤い糸をさりげなく通していた。

清七郎がそれを抜き取ろうとすると、いずれ自然にとれるから、そのままにしておくようにとたしなめられたことがある。

赤い糸を縫い込むのは、おつね流のまじないで、厄除け病除けだと言っていた。

おつねは、未だに清七郎を十二、三歳の少年だと思っているらしい。

おつねの温かい心を届けてもらって、清七郎は思わず微笑んだが、その肌襦袢の下に、まだ一つ、紫の袱紗の包みのあるのに気づいて顔を強ばらせた。

袱紗には、丸に茶の実の家紋が入っている。長谷家の家紋だった。

袱紗を開くと、中に小判五枚ほどが見えた。

――なんのつもりだ。

清七郎は袱紗を元に戻して立ち上った。

父半左衛門の心づかいであることは明らかだったが、

——いずれ返しに行くしかあるまい。

浮き世小路の入口で忠吉を待ちながらも、清七郎は父がなんのために彦蔵に金を持たせたのか、やはり気になっていた。だが、転げるように走って来る忠吉の姿に気づいて、そのことは頭の中から離れていった。

「清七郎さん、すみません」

忠吉は、今日は神妙だった。手には風呂敷包みを抱いている。

「よし、行くか」

清七郎は忠吉を連れて歩き出した。

先日忠吉が訪ねようとした佐藤という番町の屋敷を、教えてやろうと約束したからだった。

あれから数日が経っている。忠吉は額に一枚絆創膏を貼っていたが、打撲の跡はもう目立たない程度になっていた。

外科医東伯からも清七郎に返事があり、おみねは診て貰えることになっている。

「おっかさんが喜んでた、足が治ればまた働けるって」

忠吉は歩きながら言った。

「そうか、それはよかった」

「でも、お医者の先生に払うお金がないんだ」

　忠吉は足下に視線を落として言った。

「そっちはなんとかしてもらえる筈だぞ、案ずるな」

「おいら、稼ぐよ」

　忠吉は清七郎を見上げて言った。

「筆が売れなけりゃあ、子守でもなんでもする。おいら、足だって速いんだぜ、品川なんてちょろいもんさ。そうだ、清七郎さん、清七郎さんは紀の字屋の仕事をしてると言っただろ。おいらにも出来る仕事があれば頼むよ、何でもするよ」

　健気に忠吉は自分を売り込んでくる。忠吉の頭の中には、子供らしく遊ぶことなど微塵もない。いや、考えられないのだろうと思った。

　二人が歩いて行く道筋には、同じ年代の子供たちがあふれていて、立ち売りの飴細工をのぞいている少年たちもいれば、手まりを手にとって母親にねだっている少女もいた。

　また、勢いよく白い蒸気をあげている蒸し饅頭を売っている店の前には、手に小銭を握った順番待ちの子供たちもいたが、忠吉はそんな子供たちに見向きもしなかった。

ただ、蒸し饅頭の店を通り過ぎる時に、ぐうと忠吉の腹が鳴ったのを、清七郎は聞いた。

忠吉はその時、苦笑いをして清七郎を見上げた。けっして物欲しそうな笑いではなかった。

忠吉が抱いた風呂敷包みには笹子屋の筆が入っている。それをこれから売りに行く忠吉には、遊びもお菓子も饅頭も今の関心事ではない。忠吉の頭に今あるのは、是が非でも、一本でも筆を売りたい、その気持ちだろうと清七郎は察していた。

「忠吉、いいか。よく見てみろ」

笹子屋の店があった飯田町の中坂から番町に入った二人は、番町の中にある辻番所の側で立ち止まった。この辻番所は中坂に一番近い辻番所である。侍屋敷はこの奥に果てしなく続いていた。

「忠吉、この辻番所が目印だ。ここから左手五つ目の屋敷が、佐藤太郎左右衛門の屋敷となっている」

清七郎は番町の絵図を広げると、その屋敷を指して忠吉に示した。

「……」

　忠吉は首をひねって考えている。

「どうした……わからんか。まあいい、一緒に行ってやるからよく覚えておくのだ」

　清七郎は忠吉を促して、左手五つ目の屋敷の前に立った。

「あっ、やっぱりここだ。間違ってなかったんだ」

　忠吉が指を指して声を上げると、すぐにもみあげの長い門番が六尺棒を手に出て来た。

「小僧、また来たのか。帰れ！」

　六尺棒を忠吉に突き出して威嚇した。

　忠吉は清七郎の後ろに走ると、顔だけ出して門番に舌を出した。

「この野郎、まだ懲りねえんだな」

　どっかどっかと近づいて来た門番に、清七郎は立ちはだかった。

「こちらは佐藤太郎左右衛門さまのお屋敷ではないのか」

「そうだが、それがどうかしたんですかい」

「この子は三日前にも、こちらを訪ねてきているはずだ。だが、怪我を負わされた。俺が聞いた話では、屋敷を間違えてると言われて追い返されたということだったが、どうやら話は違ったようだな」

「お侍、どういう訳でこの坊主に関わりあってんのかしらねえが、物もらいはお断りだ」

「馬鹿を申せ。この子は筆を納めに来ただけだ」

「何……」

門番は、ぎょろりとした目を忠吉に投げた。まるで仁王のような大きな目だ。

「この子は中坂にあった筆屋笹子屋の倅だ。こちらは得意先だったと聞いているぞ。笹子屋は火災にあって今は別のところに暮らしているが、縁を頼って筆を持ってきたという訳だ」

その言葉を待っていたように、忠吉が中間の前に走り出た。そして筆の箱を出して、これだよ、というように中間に突き出した。

忠吉は今度こそ信じて貰えると思ったか、顔には笑みまで作っていた。だが、すぐにその顔が恐怖に変わった。

「信用ならねえ！」

門番は猛々しく言い放つや、六尺棒を忠吉めがけて振り下ろしてきた。

「何をするか」

清七郎が飛び込んだ。次の瞬間、

「いてて、放せ、放してくれ」

清七郎は中間の腕をねじ上げると、

「お前じゃ話にならん」

忠吉を促して門の中に入っていった。

騒ぎを聞きつけて、取り次ぎに出てきた若党がすぐに奥から用人を連れて玄関に出てきた。

「訳もきかぬうちにいきなり打ち据えて怪我をさせ、それで世間に通るとでも申されるのか。相手は子供だぞ、旗本の名が泣くのではないか」

清七郎は、襟首をつかんだ中間を押し据えて厳しく言った。

用人は四十を過ぎた顔の四角い男だった。足下に背を丸めている醜い中間の姿をいまいましげに見遣ると、

「おっしゃられる通りだ。いや、実はこの者は、つい最近雇い入れた者でな。笹子屋がうちに出入りしていた事は知らなかったのだ」

苦笑して見せた。

「言い訳は無用だと存ずる。この者は、この子が、佐藤さまのお屋敷ですかと尋

ねただけで打ち据えておる。おそらくこの子の貧しい身なりを見てのことだろう
が、そもそも、人を身なりで判断するなど言語道断」

「お待ちを……」

用人は背中を向けると、手早く懐紙にいくばくかの金を包み、改めて清七郎の
方に向き直ると、

「金一分、入っておる。これでご勘弁くださらんか」

懐紙の包みを差し出した。

「何の真似だ」

「いや、申し訳ない。笹子屋は確かに出入りしておりましたが、火災にあって店
はつぶれたと聞きましてな、当屋敷には今は別の筆屋が入っておるのだ」

すると、用人の前に忠吉が進み出た。

「じゃあ、この筆だけでも買ってください。一本百文のとても良い筆です。軸は
播州（ばんしゅう）の矢竹、毛は馬の脇胴毛、細工は馬琴（ばきん）さんも使っておられた宗清作」

忠吉は大人顔負けの講釈を述べながら、箱から筆を出して用人の前に並べた。

「ふーむ」

手に取って筆を見、清七郎の顔を窺う用人に、忠吉は畳みかけた。

「宗清さんは京に知り合いがあって毛を取り寄せているんだ」

「わかった。これだけは貰おう」

用人が言った。すかさず、

「じゃ、こちらにあるカナ用の筆もいかがですか。これも上物です。一本百六十文で売っていたものですが、お安くしておきますよ」

忠吉は、雰囲気に乗じて、持っていた筆四本を四百文で売りさばいた。子供とは思えぬ手際の良さに、清七郎は側で見ていて舌を巻いた。

用人は騒ぎを嫌って買い取ってくれただけで、今後忠吉が屋敷に出入りするのを許してくれた訳ではない。だが、

「おっかさん、これで喜んでくれるかな」

屋敷を出た忠吉の口をついて出たのは、母親おみねの喜ぶ顔をひたすら思い描いている言葉だった。先ほど用人に筆を売りつけた忠吉とは思えぬいじらしさが垣間見える。

「当たり前だ。ほめてくれるぞ。忠吉はおっかさんが好きなんだな」

肩を並べて歩く忠吉に言った。

すると忠吉は高ぶった声で言った。

「おっかさんはおいらの命の恩人だからな。おいらを拾って育ててくれなきゃ、おいらは死んでたんだ」

四百文も稼いだんだと、まだ幼さの残る胸を張って歩く忠吉の姿に、清七郎は思わず微笑んでいた。

「清さん、これからお訪ねしようかと思っていたところです」

紀の字屋の店に入ると、小平次が近づいてきて小声で言った。

浅葱裏が三人、絵双紙を開いて品定めしているが、他に客は見えなかった。

暮れ六ツの鐘は鳴り、外はもう薄闇に包まれている。

手代の庄助は、客が取り散らかした商品を整頓しながら、そろそろ店を閉めようかと浅葱裏の様子を窺っていた。

「与一のことですがね」

小平次は、店の奥に視線を走らせた後言った。与一とは与一郎のことである。

「何かあったのか」

清七郎は、小平次の暗い顔を見て言った。

「お手間はとらせません、少し時間をいただけませんか」

小平次は言いながら、また店の奥に気を遣っている。どうやら藤兵衛には聞かせたくない話らしい。

「わかった」

清七郎が頷くと、小平次は庄助に店じまいを頼み、旦那さまにはこのことは黙っててくれ、わかっているなと念を押し、日本橋の南袂にある居酒屋『大吉』に清七郎を誘った。

大吉は紀の字屋で働く者たちがよく立ち寄る店だ。

「あれ、今日は与一郎さんは一緒じゃねえのか？」

注文を取りに来た小女のおうめは、二人の顔を見渡したあと残念そうな顔をしてみせた。

「与一郎さん、与一郎さんて、この小平次も清七郎さんもいるじゃねえか。俺たちじゃあ不足ってえのかい」

小平次はことさらにからかうように言った。店ではお店者らしい言葉を使う小平次も、こういう時には昔の砕けた物言いをする。

「やだよう、そんなつもりは」

おうめは、思いっきり小平次の肩を叩いた。

「痛っ！」

小平次は大げさに肩に手をやった。

おうめはけらけら歯を見せて笑ってから、

「で、何にするだ？」

注文を訊いてきた。

「金がねえんだ、酒だけでいいや」

小平次が笑って酒を頼むと、

「やだよう、小平次さんは冗談ばっかり」

おうめは笑って、酒樽のような腰を振りながら板場に消えた。おうめは田舎から出てきて大吉で働きはじめて二年になるが、いっこうに江戸の言葉になじもうとはしない。

しかしそれがかえって、ここらあたりでは客に受けがいいようだった。

江戸には各地から流入してきている者たちが多い。地方出身者たちはおうめの言葉に、それが自国のなまりでなくても、親しみを感じるらしいのだ。

「まったく、与一の野郎は、おうめにまで気を持たせて」

舌打ちして小平次は言った。

与一郎はたいした稼ぎもないくせに、あっちこっちの女に手を出しているという噂がある。それを小平次は常から良くは思っていなかったのだ。

おうめが運んで来た酒を、小平次は清七郎の盃と自分の盃に満たしてから、

「今日の八ツ過ぎでしたが、人相の良くねえ男が二人、やってきましてね。与一郎はどこだ、隠したらためにならねえなどと店先で声を張り上げまして……」

小平次は苦々しい顔で言った。

「与一郎はいたのか」

「いや、いなくて良かったんですが……」

客たちは不審気に、誰のことかと店の中を落ち着かなく見回したり、中には関わりになるのを恐れてか早々に店を出て行こうとする者もいた。

小平次は慌てた。

主の藤兵衛に聞かれると、与一郎が今後紀の字屋に出入り出来なくなるんじゃないかと咄嗟に思ったのだ。急いで二人の男に近づいて、与一郎は来ていないと告げた。

だが、男たちが易々と帰ってくれる筈もない。

「来ていねえ……おかしいじゃねえか。与一郎はこの店の大事な、お抱え絵師だ

って聞いてるぜ」

男の一人が店の中を覗いて言った。

小平次は苦笑した。

「そんな筈はありませんぜ、兄さん方。確かに与一郎は店に出入りはしていますが、お抱えなんて大層なもんじゃありませんよ。小さな仕事を貰うために出入りをしている、そんなところです」

ぞんざいな口調で告げてやった。

二人には意外な話だったようだ。一瞬表情が固まった。だがすぐに顔を見合わせると、

「俺たちゃ与一郎に騙されたって訳か。なら仕方がねえな。帰るしかあるめえが、与一郎がここに来たら伝えてくれ。金を返せないのなら命を差し出せってな」

ぐいと睨んできた。

「わかりやした。伝えましょう。ですがひとつ、教えて貰えませんかね。与一郎はいかほど借りているんですかい。それと、そちらさんの名前もお聞きしておきましょうか」

小平次はきっと睨み返した。土壇場に来ると、小平次は妙に腹が据わってくる。

男の一人は、ふっと笑うと、

「いい度胸だな。いいか、耳をかっぽじってようく聞くんだ。あっしら二人は、両国（りょうごく）で金貸しをやってる『亀松屋（かめまつや）』の手の者だ。与一郎には五両の金を用立ててやっているが、担保なしの信用貸しでね。そうなると利子は別仕立てになって、与一郎の場合は、一両につき十日で二百文という約束だ。だから、十日前の五両は、そうさなあ、もう今日で八両ほどになってるぜ。ところがいっこうに返しにこねえから、こうしてわざわざ出向いてきてやったんだ」

「わかりやした。おっしゃる通りに伝えましょう」

「しっかり伝えておけ！」

男二人は小平次をにらみ据えると、肩を怒らせて引き上げて行ったのだ。

小平次は庄助と相談して、与一郎が住む新右衛門町（しんえもんちょう）の長屋にすぐに走った。

ところが、

「長屋はもぬけの殻でしたよ」

憮然とした顔で小平次は言った。

「……」

清七郎は、七日前に紀の字屋を出てきた清七郎を追っかけて来た時の与一郎を思い出していた。

あの時のなりふりかまわぬ態度が妙に気になってはいたが、与一郎には清七郎の知らない事情があったものと思える。

小平次にその時の様子をかいつまんで話すと、小平次はしきりに頷いたのち、

「長屋の者に聞いてみたんですが、もう五日も帰ってきていないというんです。長屋じゃ与一郎の放蕩は知れ渡っているようでしたが、それにしてもこんな事は初めてだ、何かあったんじゃないかって心配していました」

「すると、今どこにいるのかわからんというのだな」

「まあそういう事です」

「……」

「ただ、ひとつ、気になることがありやして」

「何だ？」

「与一郎には女がいたんですよ。与一が自分から話してくれたことがあるんですが、助けてやりたい女がいるって」

「その女の居場所は……」

「深川門前町の、なんという店だったか……そうそう、萩の家といったと思いや

す。女の名は、おさよだったか……いや、おたよだったかな……忘れましたが」

「すると、その女のところにいるかもしれん、そういう事か」

「いや、そんなのんきな話じゃないかもしれねえ」

「というと……」

「女には騙されるわ、金はとられるわで、今頃簀巻きにされて川に浮かんでるかもしれねえって」

「まさか……」

清七郎は苦笑した。だが小平次は真剣な顔で言った。

「案外あいつは騙されやすいところがありましたからね。ちゃらちゃら粋がってはいましたが、生まれが生まれで、あんまり世の中を裏から見るって事ができねえ男で」

「田舎は甲斐の国だって事は聞いているが」

清七郎が不審な目を向けると、

「甲府の少し手前に石和ってえところがあるそうですが、そこの大百姓で名主も勤める家の倅だそうですぜ」

「初耳だな、その話は」

「詳しいことは聞いてはいねえんですが、あっしのおふくろは寝たり起きたりだと話すと、見たこともねえ神社の御札をくれたことがありやしてね」

「ほう……」

「夔ノ神とかいう一本足の神像で、見ようによっちゃあ薄気味悪い御札なんですが、ところがそれで、おふくろは随分良くなりやして。そういう訳ですから、あっしは奴に借りがある。放ってはおけねえんです」

「……」

「ただ、あっしが休むと店も庄助一人ではさばけねえ。おゆりさんは親父さんの世話で手一杯だ。そこで清さんに店番を頼めねえものかと」

「わかった、店番は俺には無理だ。与一郎さがしは俺に任せろ。深川には俺が行く」

「清さんが……」

「俺だって見て見ぬふりは出来ぬ」

清七郎は言い、盃の酒を飲み干した。

五

小平次が言っていた萩の家というのは、馬場通りから南側門前町に入る横町に小料理屋の暖簾をかけていた。

馬場通りは一の鳥居から入船町境まで抜ける横八間縦三町の大通りで、慶安の頃に八幡宮が流鏑馬を行うためにつくったものだと言われている。人通りも多く、間口の広い立派な料理屋が軒を並べていたが、横町に入ると大通りの喧噪とは無縁の静かな通りに、構えは小さいが小綺麗な店が並んでいた。

萩の家も間口は狭いが、白木の格子が映える上品な店構えだった。料理も出すが女も提供するような、いかがわしい店ではないと清七郎は思った。

頃は七ツだ。この時刻は昼の客を見送った後である。夜の客を迎えるまでにはまだ少し時間があり、格子戸から中を覗くと、玄関先はしんと静まりかえっていた。

「ちと尋ねたいことがあって参った」

清七郎は格子戸を開けて庭に踏み込み、丁度玄関前に現れた女中に声をかけた。

女中は前垂れにたすき掛けで、竹で編んだ大きなザルに青菜を載せている。ふいに声をかけられて、びっくりしたようだった。

「この店に、おたよか、おさよか、そういう人がいると聞いてきたんだが、会わせてもらえぬか」

女中は驚いた顔をした。丸顔の、色の白い娘だった。目が黒く、唇がぽってりとしていて初々しく、見た目は十七、八歳かと覚えるのだが、清七郎への返事をためらっていた。警戒しているのだと思った。

「俺は長谷清七郎という。実は与一郎という男の行方を知りたいのだ。与一郎とは友達でな」

女中は、はっと思い当たったような顔をした。

「長谷さま……清七郎さまですか」

そして念を押してきた。

「そうだ。紀の字屋に仕事を貰っている者だ。与一郎と同じだ、仕事仲間だな」

「聞いております、清七郎さまのことは」

女中は言った。

「そうか、するとあんたが、おたよさんか、おさよさんか」

「おさよといいます」

女中はもはや、はっきりした口調で言った。不審な色に包まれていた顔には、ほっとしたものが見える。

おさよは、声を落として、

「実は私も与一郎さんの事が心配で、仕事が手につかなくて……今日にでもこのお店に出入りしている岡っ引の常次(つねじ)さんに相談してみようかと思ってみたり……でも、それも決心がつかなくて困っていました」

と言うではないか。清七郎が訪ねてくれたのは、渡りに船といったところか、おさよにもう警戒心はなかった。

「何、するとやっぱりここに来たのだな、与一郎は」

「はい」

おさよは案じ顔で頷くと、

「お待ちください。女将さんにお許しをいただいてきます」

小走りで店の中に消えた。

清七郎はほっとしていた。おさよは少なくとも小平次の心配していたような、与一郎を騙すような女には見えない。

おさよは、まもなくして前垂れとたすきを外し、手で髪をなでつけながら足早に出てきた。

二人は富岡(とみがおか)八幡宮の境内に入った。日差しは春の気配を含んでいて、梅の花もちらほら咲き始めていたが、吹き抜ける風はまだ冷たかった。

立ち話をするには寒かった。清七郎は表門を入ってすぐの甘酒屋におさよを誘った。

「あたしが悪いんです。あたしが与一郎さんに兄さんのことを相談したばっかりに……」

おさよは、向かい合って腰掛けるやいなや、今にも泣き出しそうになった。

「与一郎は金貸しに追われている。そのことと関係があるのだな」

「はい」

おさよは頷いた。不安が張りついた顔で、おさよは言った。

「与一郎さんは今頃、兄と一緒に殺されているんじゃないかって思うとあたし」

「誰に殺されるというのだ」

清七郎は険しい目になった。小平次と同じような言葉がおさよの口から飛び出したことに驚いていた。

「小名木川沿いに海辺大工町という町があります。その町のどこかに賭場があるらしいんですが、五日前にそこに出かけると言って出ていったきり、帰って来ないんです」

「あんたの兄さんと一緒にか」

「いいえ、兄が先にその賭場に捕らわれてしまっていて」

「何、順を追って話してくれ。与一郎はあんたを救ってやりたい、そう言っていたと聞いているが、あんたではなく、兄さんのことだったのか」

おさよは、恥ずかしそうに目を落とした。だがすぐに、

「長谷さま」

おさよは顔を上げると、

「私のおとっつあんは、十年前まで与一郎さんの家の小作をしていたんです」

と言った。

「何……すると、あんたも甲州石和の出か」

「はい、ですから、私も佐吉兄さんも……あの、私の兄は佐吉といいますが、与一郎さんとはよく遊んだ仲でした。特に佐吉兄さんは与一郎さんとは同い年だっ

たものですから、何かにつけて与一郎さんは、佐吉、佐吉と声をかけてくださって……でも」

おさよは眉を寄せた。

「でも、なんだ……」

「これは、誰にも話さなかったことなんですが……」

おさよの口ぶりには言いにくそうな気配が見えた。息ひとつ静かについてから決心を固めたように話を継いだ。

それはおさよが十歳の時だった。

両親が鍬を入れる田んぼの土手で、レンゲを摘んでいた。瑞々しい緑の葉の上に背筋を伸ばして咲くレンゲには、惹かれる愛らしさがある。だが、鍬を入れれば田んぼに鋤き込まれて肥料になるばかりだ。一面レンゲの花の中に腰を落として、両袂にいっぱいになるほど摘み取った時だった。

大声を出して駆け抜ける村の男の声を聞いて驚いた。

「たいへんだ、名主さまのぼっちゃまが、梅の木からおっこちたぞ！」

村の男は、大声を張り上げながら、名主さまの屋敷に走って行った。

名主さまとは、与一郎の父親のことである。

名を富岡惣兵衛（とみおかそうべえ）という。

田畑果樹園を持つ大百姓で、名主でもあった。

おさよの両親は、この名主さまに土地を借りて米を作り、野菜を作り、近頃では葡萄も始めていた。貧しくても家族が食べていけるのは名主さまのお陰だった。

「おっかさん！」

おさよが立ち上がって両親を呼ぶまでもなく、父親の与吉（よきち）も、母親のおすえも、鍬を放り出して名主さまの梅林に走っていた。おさよもレンゲを手につかんだまま、両親の後を追った。

梅林には何人もの大人が集まり、一本の梅の木の下には、背を丸めて膝を抱え苦痛で顔をゆがめている与一郎と、その与一郎を呆然と見詰めて座りこんでいる佐吉の姿があった。

二人の側には梅の大きな枝が折れて転がっていて、周囲には青い梅が無数に散らばっていた。

与一郎も佐吉もともに十五歳である。思春期の感情の起伏の激しい年頃である。二人して梅の木に登ってふざけていたのか、或いは梅の実を奪い合って落下したのかもしれなかった。

だが、おさよの両親はむろんのこと、集まった大人たちは顔色を失った。

なにしろその梅の木は、富岡家が代々守ってきた木で、樹齢百何十年とも言われていて、この木に実った梅は名主の惣兵衛自らがまず村神さま、家の神さま仏さまに供える分を採ってから、使用人に収穫させていた。

枝を剪定するのにも神経を使っていた程だから、大きな枝を折ったとなれば、惣兵衛の怒りを買うのは目に見えていた。おまけに与一郎は、足の骨を折っているらしい。

「お前がやったんだな、佐吉、お前だな」

走ってきていきなり佐吉の胸をつかんで声を張り上げたのは、名主の家で帳面その他を任されている番頭格の宗助(そうすけ)という人だった。

宗助は小作たちのまとめ役でもあった。

佐吉は唇を嚙んで黙っていた。その目は抗議しているように見えた。だが、宗助に頭を押さえつけられると、

「堪忍してください。申し訳ありませんでした」

佐吉はひたすら謝るばかりだった。

だが、このことがきっかけで、おさよ一家は村を追われることになった。

一家四人が江戸に出てきて深川に住むようになったのだが、佐吉は荒れた。小作を恨み、親を恨んだ。

やがて家にも居つかなくなり姿を消した。

父親も母親も亡くなると、おさよは世話をしてくれる人がいて、萩の家に奉公するようになった。

ところが、長年音信のなかった佐吉が、半月前にひょっこり萩の家に現れたのだ。

佐吉は一人ではなかった。人相の良くない男と一緒だった。

おさよは佐吉の変わりように絶句した。豆腐の絞りかすのような感じがした。肌の色は白くなっていたが若者の持つ生気が感じられなかった。おまけに暗くて険しい目つきをしている。頬には陰険な影を宿していた。

兄が暮らしてきた過去が目に見えるようで、おさよは胸が痛かった。声をかけるのも怖いような気がして見詰めていると、

「久しぶりだな、おさよ。おめえ、いい娘になったじゃねえか」

佐吉はそう言った。声音は昔のままの、妹思いの声だった。

おさよは涙があふれてきた。懐かしいというだけではなかった。父が死に母が

死に、一人になって心細かったこの数年の出来事を話し、黙って姿を消した兄に怒りをぶつけたかった。

ところが、兄に駆け寄る前に、連れ立ってきた男が、おさよの前に立ちはだかって言ったのだ。

「俺は海辺大工町で賭場を開いている滝蔵親分のところの者だが、こいつには多額の貸しがあるんだ。締め上げたが払えねえというから、おまえさんに肩代わりして貰おうと思ってな」

男はその金の額は八両だと言った。

「そんな大金は持っていません」

小さな声だが、おさよは男の無理を押し返すように言った。だが男は、せせら笑って畳みかけたのだ。

「持ってなきゃ作って貰うしかねえな。当てがないっていうんなら、俺が世話してやってもいいんだぜ、うんと金がとれるところをな」

おさよは自分が男なら、飛びかかっていって殴りたかった。こんな男となぜ訪ねてくるのかと兄の佐吉を見ると、佐吉はおさよに向って手を合わせている。

「五日待ってやる。また来る」

男は兄の佐吉をひったてて連れ帰ったが、帰り際に、金が出来なかったら兄貴の命はないと思え、おさよにそう言ったのだ。

おさよはそこまで話すと、言葉を切った。息苦しいのか胸を押さえて何度も大きく息をした。

「そうか、それで与一郎に相談したのか」

清七郎の問いにおさよは頷いた。

「与一郎さんとは一年前に八幡様で偶然会いました。それから、時々私の様子を見に来てくださっていたんです。こんな恥ずかしい話、相談する人も他にいなかったから、私、与一郎さんに話しました。そして、もっとお金を貰えるところに行きますって言ったんです。そしたら、馬鹿なことするんじゃない、俺に任せておけって……」

「だが、金は五両しか工面できなかった、そうだな」

「ええ、それで、その滝蔵親分とかに談判してやるって……それが駄目なら堂々と博打で勝ってやるって」

「………」

「もしも、十日を過ぎても俺が帰ってこなかったその時には、俺も佐吉も殺されたと思ってくれ。そして、石和の家に俺の死を知らせてほしい、そう言ったんです」

おさよは言った。

六

その夕、清七郎は万年橋（まんねん）の上から小名木川を眺めていた。日中に比べれば行き来する船の数は少ないが、それでも遥か遠く東の方まで船の姿は見えた。

この川の右手の町が海辺大工町だった。ただ清七郎の記憶では、海辺大工町というのはひとところにある町ではなかった。

清七郎は橋を降りると、万年橋近くの海辺大工町の自身番屋に立ち寄ってみた。

そこで清七郎は、海辺大工町と呼ばれる町地は、万年橋から新高橋（しんたか）まで飛び飛びにいくつもあると言われて困った。想像していた以上に散らばっているようだ。

清七郎の顔色の変化に気づいたらしく、自身番屋の書き役は、書き損じた紙のしわを伸ばして、それに町のおおよその場所を記しながら説明してくれた。

それによれば、小名木川沿いに東に向かって、上町（かみまち）、仲町、裏町、高橋組西側、同組下組（しもくみ）、同組仲通り、同組東側となっていて、同組東側というのは、新高橋近くの扇橋町の西隣にある海辺大工町だということらしい。

とうてい一日で調べられるものではなかった。

長屋に戻った清七郎は、父から貰った絵図を開いてみた。

だが、絵図の海辺大工町と、あの自身番屋で聞いた話とは、一致しない所があった。

絵図は文政十二年作、かれこれ二十年も前の絵図だということだから、やむを得ない。

ただ、目の前の絵図がまるきり役に立たないかといえばそうではない。橋や道幅に入念な書き込みがあり、初めて当地に行く者には大いに参考になる。

清七郎はおおよその町の形を頭に入れて、翌日から海辺大工町を回った。

与一郎と佐吉の命を考えると一刻も早くと気が急いたが、そう易々とは滝蔵の住処に巡り会えなかった。

海辺大工町を縄張りにする岡っ引に頼めば事は早いかもしれなかったが、おさよの話を聞いた限りでは、へたに岡っ引なんかに頼れば、おさよの兄佐吉を牢に繋ぐことになるかもしれない。与一郎だって無傷という訳にはいくまい。

第一おさよを救ってやりたいと言った与一郎の気持ちの中には、兄の佐吉への心配もむろんあって、だからこそ自分の命も顧みず、危険を承知で乗り込んでいったに違いないのだ。

――それにしても……。

清七郎は、与一郎の意外な一面を見せられた気がしている。

随分軽薄で短絡的な生き方をしているように見えた与一郎が、かつて実家の小作人だった家族を救おうと命を張っている。見上げたものだ。

そういう与一郎の気持ちを大事にしてやりたい。清七郎は強く思い始めていた。だから順々に町を巡り、滝蔵の名を高橋の南袂にある海辺大工町で聞いた時には、清七郎はほっとした。

滝蔵の名の出た場所は、二年前まで材木屋があった所だった。今は料理屋が建っていて、そこの若い衆が声を潜めて教えてくれたのだった。

「成田屋という材木屋をここでやっていた方です、滝蔵さんというのはね。ですが、この店を手放してからは、霊巌寺裏にあります海辺大工町の木場で暮らしているようです」

滝蔵の失敗の原因は博打で、今では昔の奉公人はむろんのこと、女房にも見放された、博打仲間と木場にあった小屋で暮らしているということだった。

その話が本当なら、滝蔵という男は、店を失ってもなお博打から抜けきれず、いやそれどころか、どっぷりつかって、今ではその世界では親分と呼ばれる存在になっているものと思われる。

清七郎は日の暮れるまでの半刻ほどの間に腹を満たしておこうと高橋南袂に向かった。そこに一膳飯屋があったのを思い出したのだ。

「清さん、清七郎さん」

暖簾に手をかけた清七郎は、後ろから呼び止められた。

振り返ると小平次が近づいて来た。

小平次には今朝早く会い、あらかたの話はしてあった。その時小平次は自分も手伝いたい、そう言っていたが、まさか日の暮れぬうちにやって来るとは思いもよらなかった。

「いいのか、店のほうは」

店の中に入り、飯と魚と味噌汁を頼んでから小平次に聞いた。

「親父さんにばれちまいまして」

小平次は苦笑いして言った。

「何……話したのか」

「まさか。庄助ですよ。あいつに話してやったら落ち着きをなくしちまって、あんまりそわそわするもんで、おゆりさんが不審に思って問い詰めたって訳ですよ、それであっさり……。お陰であっしは親父さんに呼ばれて、そうなりゃ仕方がねえ。正直に話してしまいました」

庄助はまだ十八だ。店に来て一年と浅く、おまけに気が小さい。

「そうか、で、藤兵衛さんは……親父さんは、なんと言ったんだ」

「こうなったら、清さんを手助けして、与一を救ってこいと……」

「そうか」

「ただし、手に負えないとわかったら、町奉行所に頼めと……なにより命が大事だと」

「そうか」

「あのお方は、いや、親父さんのことですが、妙に腹が据わったお方だ。あっしを雇ってくれたんだってそうなんですが、ただの絵双紙屋の主じゃねえ、そうは思いませんか」

小平次は首を傾げた。

「ふむ」

確かにそれは清七郎も感じていたところだが、昔をたどれば自分だって世間にひけらかすような暮らしをしてきてる訳ではない。

生返事をして茶を飲んだ。

小平次も格別気にしていた訳ではなさそうで、すぐに話題を変えた。

「ところで、お騒がせの与一ですが、清さんは与一が広重に絵の手ほどきを受けてたってことご存じですか」

小平次は出がらしのお茶を飲んでから言った。

「いや、知らん」

「やっぱり清さんには言ってなかったんですね」

小平次は苦笑してから、

「与一は、広重の弟子だったらしいですぜ」

「まことか」

「へい」

小平次は頷くと、世迷い言だと思って聞き流したことがあるのだがと前置きした後、

「天保十三年だったと聞きましたが、歌川広重が甲州を旅したのはご存じですか」

と言った。

「いや、俺はそういう話には疎い」

「そうですか、与一郎から聞いた話ですと、広重は天保十二年に甲府の商人衆に呼ばれて旅をしたようです。その時与一郎の家にも数日泊まった。それ以来、与一は広重にあこがれて、十七歳のときに親を説得して江戸に出てきて広重の弟子になったというんですがね」

「……」

清七郎は驚いていた。

しかし、その与一郎が今、紀の字屋で拾い仕事をしているという事は、広重のところでは与一郎は認められなかったということか。

そう思えばなんとなく、今ひとつ与一郎の描く挿絵には惹きつけられるものがないなと与一郎の挿絵を思い出していると、小平次が言った。

「一度自慢そうに奴がそんな話をしたもんだから、じゃなぜこんなところでお茶を濁しているんだと言い返してやったんでさ。そしたら黙りこんでしまったんでさ。

あっしはそれを思い出して、今日ここに来る前に広重の弟子に当たってみたんですよ。果たして与一の話は本当かどうか確かめたくってね」

「……」

「そしたらなんと、与一は一門から破門になってるらしくて」

「破門か……何があったんだ」

「そこです。なにしろ実家が裕福で小遣いをどんどん送ってくる。絵の腕を上げる前に博打だ酒だって味を覚えてしまったらしくて、それでおんだされたって訳です」

「ふむ」

あり得る話だと思った。博打場を全く知らぬ人間が、賭場に殴り込みをかけるには勇気がいる。多少でも賭場がどういうものか踏んでいるからこそ、与一郎は単身出かけて行ったに違いない。

「しかしその親からも、広重のところを破門になった頃から見限られちまったようで……文字通り尾羽うち枯らしちまった。ここにきてあいつは金がなかったんですからね。哀れな男です」

与一郎の昔を知れば知るほど、放っておけないのだと小平次は苦笑した。

「おそくなりました。かれいの一夜干しです。ご飯とお味噌汁はおかわりできますが、追加料金をいただきます。追加がなければお一人三十二文、お二人分で六十四文いただきます」

小女は手を出した。

「しっかりしてるな」

小平次は笑って巾着から銭を出して払った。

「いいのか」

清七郎が自分の懐を探ろうとすると、

「親父さんから、探索費用として一両、預かってきてますから」

小平次は言った。

清七郎と小平次が霊巌寺裏の海辺大工町に入ったのは、六ツの鐘を聞き終わった後だった。

月の光は細く、目当ての木置き場の敷地内は深い青鼠色に覆われていた。

だが、その木置き場の隅に平屋が建っていて、そこには明かりがひっそりと点いていた。

平屋の入り口には見張りと思われる男が一人、提灯を持って立っていて、やって来る客の顔を確かめるように出迎えていた。

お客は商人あり、職人あり、遊び人あり、みんな人の目から逃れてきたように家の中に吸い込まれていく。

「間違いねえ、博打場だ」

積み上げた材木の陰で様子を窺っていた小平次が、顔を前方に向けたまま呟いた。

二人は客の途絶えるのを待って入口に向かった。

「誰だ」

見張りの者が提灯を掲げて小平次の方を見たその時、清七郎が男の後ろに回って喉元に腕を回して締め上げた。

苦しいうめきを上げる男に、

「佐吉という男と与一郎という男が来ている筈だ。命が惜しければどこにいるのか教えろ」

低い声で脅しをかけた。

「う、裏だ。裏にある小屋の中だ」

「わかった」

清七郎は素早く当て身を喰らわせた。男は声も上げず闇の底に落ちた。

家の中から俄にざわめきが聞こえる。

「丁半、勝負！」

いっときの沈黙のあと、どよめきが起きた。

「清さん」

小平次が声を上げた。

暗闇に目が慣れたのか、弱い月の光でも小屋が目の前にあるのがわかった。

道具小屋のようだった。中に火の気は見えず、音もしなかった。

小平次が腰につけていた袋から火打ち石を取り出した。

カチカチ、カチカチ、神経を張り詰めた中で持参してきたろうそくに火をつけた。

小屋の引き戸が目の前にあった。音を立てないように開けて中に踏み込むと、
二人の男が後ろ手にしばられて、柱にくくりつけられているのが見えた。

二人の男は正体なく首をうなだれているが、一人は与一郎に間違いない。棒縞の着物は、与一郎が確かに着ていた。

もう一人が佐吉だと思われた。

ただ、清七郎たちが踏み込んでも二人とも顔も上げなかった。反応がなかった。生きているのか死んでいるのか定かではない。

「与一郎……」

清七郎は腰を落として与一郎の肩を揺すった。

重たい頭をもたげるように顔を上げた与一郎の目は、暴力を受けたらしく腫れ上がっていた。

「せ、清さん……」

もうろうとした口調で与一郎は言った。

「待っていろ、助け出してやる」

清七郎はすばやく後ろに回って、与一郎を縛っている縄を切った。

「佐吉だな」

今度はもう一人の男に呼びかけながら、こっちの縄も切った。

清七郎が与一郎に肩を貸し、小平次が佐吉に肩を貸して外に出た。

だがそこで、清七郎たちはぎょっとして立ちすくんだ。

青い月の光の中に、中年の男をまん中にして、二人の若い男が立ちふさがるようにして立っていた。

「逃げようったってそうはいかん」

真ん中の中年の男が言った。顔の丸い男だった。背は低い上に腹が出っ張っている。体の前で合わせた着物は、まるで大きな酒樽を包んでいるようだ。ところが、体の割には目の細い男だった。

若い男の方はというと、一人は背が高く、もう一人はずんぐりした男だった。いずれも眼の光が鋭い。

「お前が滝蔵だな」

清七郎は中年の男に言った。

「それがどうした」

「店を博打でとられたと聞いているが、そのお前が、こんなことをして恥ずかしいと思わぬのか」

「ふん、どこで聞いてきたかしらんが、その二人をどうする。二人は訳があって押し込んでいたのだ。連れて帰られちゃあ困るんだがね」

滝蔵はせせら笑った。

店の主だった頃の滝蔵を清七郎は知るよしもないが、目の前の男には商人としての誇りなど微塵もみえない。凶暴な無法者に見えた。

「情けない男だ。何が訳ありだ。博打は御法度だぞ。その博打での金の貸し借りなど、滝蔵、公の場でお前の言い分など通るものか、それはお前もわかっている筈だ。退け、退かぬと痛い目に遭うぞ」

清七郎の気迫に、滝蔵たち三人は後ずさりした。

だが、ずんぐりした若い男がいきなり小平次の方に走った。

「ぎゃ！」

鈍い叫びとともに、

「おい、しっかりしろ！」

小平次が叫ぶ。

同時に、小平次の肩から佐吉が崩れ落ちた。ずんぐりした若い男に佐吉が刺されたのだ。

「佐吉！」

与一郎が清七郎の腕を外して、倒れた佐吉の側によろよろと歩いて行く。

きっと見た清七郎の視線の先に、匕首を両手に持ち、荒い息を吐いているずんぐりした若い男がいた。男は獲物の血を吸ったオオカミのような目をしている。

清七郎はその男に歩み寄った。

男は清七郎に飛びかかってきた。

だが次の瞬間、清七郎は男の手をねじ伏せると、その匕首をねじり取っていた。

そして男の腹に、強烈な蹴りを入れた。

男は声ひとつたてずに気を失った。

それを見届けて、きらりと清七郎は滝蔵を見た。

ぎょっとして立ち尽くす滝蔵に、

「佐吉に万が一のことがあれば、お前たちを岡っ引に売る。それが嫌なら、退け！……道を空けろ！」

清七郎は凜然として言った。

七

「兄さん……兄さん、目を開けて」

おさよは時折眠っている兄の佐吉に呼びかけるが、佐吉は目を開けなかった。

滝蔵の手下に背中を刺されたのは昨夜のことだ。

清七郎たちは佐吉を背負って堀端まで戻り、そこに繋留してあった船に頼み、万年橋近くの医者に運んだ。だが、動かすのは危険だと言われて、佐吉は診療室に寝かせている。

昨夜のうちにおさよも呼び、看病してもらっているのだが、佐吉はおさよの呼びかけにも反応しなかった。

医者は、朝までは起きないかもしれん、何か変化があったら起こしてくれ、そう言って仮眠に入っていた。

与一郎の落胆は尋常ではなかった。

佐吉の枕元に座り続けていた。着替えもせず、汚れた顔のまま、与一郎は佐吉の顔を見続けていた。

「少し休め、俺がみている。おさよさんもいる」

そう清七郎は言ってやったが、与一郎はそこを動かなかった。

小平次はいったん家に戻っていた。朝になれば紀の字屋藤兵衛に報告するつもりだと言っていた。

診療室には瀕死の佐吉をおさよと清七郎、それに与一郎が囲んでいるのだが、物音一つしない部屋で、佐吉の息づかいを気遣う緊張に、与一郎は押しつぶされそうな顔をしている。

「与一郎」

清七郎が肩に手を置いても、与一郎は佐吉の顔から視線を外さなかった。

「俺が、俺が佐吉をこんなにしたんだ」

与一郎が苦しげに呟いた。

「責任を感じているのか……だが、お前のせいじゃない」

「いや、俺のせいだ。俺のせいで村を追い出されたんだ。だから俺は、佐吉を死なせる訳にはいかないんだ」

「与一郎さん……」

おさよの目に涙があふれた。

その時である。

「お……さ……よ」

佐吉の手が動いた。

「兄さん！」

おさよが佐吉の手を握った。

「佐吉、俺だ、与一郎だ」

与一郎ものぞき込む。

すると、佐吉はうっすらと目を開けて言った。

「おさよを頼む……おさよを」

「馬鹿なことを言うな、佐吉！」

与一郎が叫んだが、佐吉は目を閉じてしまった。

異変に気付いた医者が入って来て脈を診た。佐吉の鼻の前に指をかざし、それから胸をはだけて心の臓に自身の耳をぴたりとつけて確認すると、清七郎に首を横に振ってみせた。

「兄ちゃん！」

おさよは佐吉に取りすがって泣き出した。

与一郎も泣いた。泣きながら清七郎に言った。

「俺が、こいつに命令して……佐吉は嫌々梅の木に上ったんだ。その態度が気にくわなかった俺は、佐吉を落としてやろうとして木を揺すった。それで枝が折れ、俺の方が落っこちてしまったんだ。俺は足の骨を折った。そのために、佐吉一家は村を出されたんだ。だけどこいつ、佐吉はひとことも恨み言は言わなかったんだ」

「そうか……そういう事情だったのか」

「あの小屋で佐吉に言われたよ。与一郎さんのことは身分が違っても兄弟のように思っていたんだと……」

「……」

「そしてこうも言ったんだ。あっしも与一郎さんも、いつか村に胸張って帰らなくちゃなって……それに気づいたから江戸にまた舞い戻って来たんだって」

決心して戻って来た江戸で、佐吉は水菓子の仲買人をやろうと考えていたらしい。それにはむろん資金がいるが、上方で貯めた金が十両近くあった。後は日傭とりでもなんでもしてと思っていたところ、昔の仲間に出くわした。

佐吉はその男に昔の借金が残っていた。追い詰められた佐吉は、借金は博打で返してくれればいいなどと言われて、滝蔵が開いている賭場に足を踏み入れた。

後はお定まりの転落の道に踏み込んでしまったのだと、与一郎はしんみりと言い、

「佐吉は、俺が勘当寸前だということも知ってたんだ」

悔しそうな顔を上げた。

「清さん、紀の字屋をやると決まったら、俺にも手伝わせてくれ」

与一郎は決心の目でひたと見詰めてきた。

清七郎は布団の中で明け六ツの鐘を聞いている。

ここ数日の出来事を想い返すと昨夜から目が冴えて眠れなかったのだ。疲れているが目は冴えていた。

薄明かりが色の変わった障子紙を通して土間に注いでいる。寒さが一段と和らいだのか、その光が暖かみを宿しているように見えた。

佐吉が死んで、滝蔵の賭場は翌日町方に踏み込まれたと聞いている。

与一郎が借りた両国の高利貸し屋の一件も、多額の利子をふっかけてきた事を逆手にとって脅し、元金に利子一分をつけて返金することで決着をつけた。

佐吉の事件を通じて知れたことは、締まりがなくて頼りないと思っていた与一郎も健気な思いを培っているのだということだった。

それに、与一郎も小平次も、ぐっと清七郎と近くなったように思われる。

――あとは、忠吉の母親の足が良くなれば……。

堂々めぐりで考えているうちに、ついに熟睡できぬまま、夜が明けたのだ。

清七郎は耳を澄ませた。井戸端に一人二人と長屋の連中が寄り集まる気配を聞いていた。

清七郎はむくりと布団から出た。

手早く流しで歯を磨き顔を洗ってから、母の位牌に線香を手向けた。

手を合わせて、母に報告した。

「やっとひとつの路が見えてきました」

春塵が晴れ、突然朝の日を受けた路が現れたのを、清七郎は見た。

その路は果てしなく遠くに続いていた。行く手の先に路が途切れ、川があるか谷があるか定かではないが、その路は十分に魅力のあるものに見えてきたのだ。

よしんば路の途中で枯れ色の野に行きあっても、春が来れば枯れ色の野は一変して緑に埋め尽くされる。

「親父殿に会ってくる」

清七郎は、母の位牌に言った。

そうして彦蔵が置いていった金の包みを懐に入れると外に出た。

「春塵」（『ふたり静　切り絵図屋清七（一）』第一話）

遠花火

一

筋違橋から北に向かって伸びている大通りは、将軍が御参詣の折にお通りになる道で御成道という。

この路は陽のあるうちは大変な人の往来があり、その道筋にある旅籠町一丁目には『だるま屋』という面白い名の本屋がある。

店は間口三間で東向き、朝の光が真っ先に差し込んで来ると、決まったように『古本写本　だるま屋』と染め抜かれた紺の暖簾がかかる。

暖簾をかけるのは、この店をきりもりしているお藤という娘である。

お藤は毎朝、軽快な下駄の音をさせて表に現れると、白い二の腕をおしげもなく伸ばして暖簾をかけ、更に『東海道中膝栗毛』とか『南総里見八犬伝』とか『往来物様々』などの札を垂らし、店の表に『古本売買　御書物処』の箱看板を据えるのだった。

色白で細面、黒々とした瞳でぬかりなく店先を見渡して、それが終わると、しっとりとした唇で、

「今日もよろしくお願いします」

東の空に向かって遠慮勝ちに柏手を打ち、今日一日の平穏を願うのであった。

そんなお藤の姿は、否応なく人の目を惹いた。

そうしてお藤が、店の表を整えると、頃合を見ていたように、どっちりと太った、だるまのような風貌の初老の男が、莚を抱えてぬっと店の表に出てくるのである。

この男が店の主で名は吉蔵、お藤の叔父で、年中袖無し羽織をひっかけて、頭には茶人が被るような頭巾を被り、顔つきや体軀には似合わぬ粋人の装いをしている名物男、通称『だるま屋の吉』と呼ばれているその人であった。

吉蔵の風情は別に粋を気取っている訳ではない。その姿はいまさら変えられない長年の吉蔵自身の商標のようなものだった。

袖無しの羽織は、寒さ暑さに脱いだり着たりと対応できるし、頭巾は舞い上がる土埃から頭髪を汚さぬようにという配慮からだった。

吉蔵は陽がのぼると、この御成道の往来に座り、世上の風説、柳営の沙汰、ありとあらゆるこの江戸における出来事をかき集め、日記として記し、さらにはその写しを諸藩や商店などに回覧し、あるいは譲ったりして、その対価を収入としていたのであった。

藩の御留守居役などは、年契約で、定期的に吉蔵の日記を購入してくれた。古本を売るより、こちらの方が利幅は大きかったのである。

だるま吉の情報源は、柳営の人たちや、各藩の御留守居役、藩臣、奉行所の者、商人や町人農民たちまで多彩だった。

他方、この人たちが吉蔵の情報を求めに来る客でもあった。

御成道の吉蔵が座るこの場所は、この世のありとあらゆる話の集合と発信の通り道、いつの頃からかこの一帯は浮世通りとも呼ばれていた。

持ちつ持たれつの商いをこの旅籠町でしてきて三十年、寛政の頃からロシア船、アメリカ船、イギリス船と、なんだかんだと聞いたこともないような外国の船が来航するようになり、なんとなく世情に不安の色が時折顔を出すようになって、店は一層繁盛して、先年には念願の表店を持つまでになったのである。

ところが吉蔵は姪っこのお藤を田舎から呼び寄せて店を任せ、自分は相変わらず雨や雪に降られるか、野分のような強風に襲われない限り、大通りにでんと大きな体を据えて客を待ち、筆を走らせているのであった。

どこに遊びに行く訳でもなく、酒さえ側にあれば満足していた。

今日も吉蔵は、ひと当たり周りを見渡すと、筵を店の前の片隅に敷いた。そうしてから店に向かって、

「文七(ぶんしち)……」

と呼ぶ。

「へい、ただいま」

この店でただ一人の使用人、手代の文七が古い素麺(そうめん)箱と薄い布団の敷物を抱えて走り出て来ると、筵の上に置いた。

「ふむ」

吉蔵は布団の上にどっかと座って、素麺箱の中から廉価な黄半紙や硯(すずり)や筆を出し、その箱を横倒しにして机にすると、膝の右横に硯や筆を順序よく並べて置いた。

「おじさま」

お藤が、文七と入れ替わりに走り出て来て、盆に載せた酒の入ったとっくりと湯のみ茶碗を吉蔵の側に置いた。

「飲み過ぎないで下さいね」

早速とっくりに手を伸ばそうとした吉蔵に釘を刺し、お藤は店の中に引き返し

た。

吉蔵は苦笑して、素麺箱に向かった。

昨日書き残した風聞を書き記す。

『この度、下総国相馬郡藤城と申す宿にて八歳の女子、男子を生み候由、かごの者咄し候……』

この話は、荒川から藤城という地に移り住んで来た一家の、八歳になる女児の腹が膨れはじめ、驚いた両親が、よもやみだらな悪戯でもしたのではないかと女児に問いただしたものの、それらしい形跡もない。

そこで医者にも診せたが、医者も首を傾げるばかり。ところがそうこうしているうちに、いよいよ腹が膨れてきて、とうとう女児は男子を出産、これは天王のもうし子ではないかと騒ぎが大きくなったという話であった。

女の子はまだ髪も伸ばしていない、けし坊主である。

そのけし坊主が赤子を抱いて乳を飲ませていると見物人が押しかけて、茶代として置いていく金が一日二朱とも、銭にして一貫文にもなるとも言われ、おおいに家計を助けているというのである。

近頃の職人の給金でさえ、例えば手当てのいい大工の場合を見てみても、日当は四百七十文あまり、月にして十四貫文ほどである。

月に二両もあれば物価の高いこの江戸でも、酒も飲み、時には物見遊山に出かけても、親子四人が暮らせる額だが、それを月の半分たらずで見物料として稼ぐけし坊主の女の子の話は、吉蔵も大いに興味を持ったのであった。

ひと通りその話を書き連ねると、吉蔵は側のとっくりを取り上げて、碗に酒を注いで喉を潤した。

大きく息をついて、空を見上げる。

よく晴れてはいるが、昨日もそうであったように、今日も風が出てきたようだ。

日記に夢中になっていて、大路に砂塵が舞い始めたのにも気がつかない吉蔵である。

その吉蔵が、大路に転じた目を止めた。

砂塵の中に、一人の武家が見えた。

武家はすらりとした体軀の、遠目にもわかるような男ぶりで、着流しの両袖から両腕を差し込んでゆったりと歩いて来るその姿には、たとえようもない色気があった。

行き交う女たちの中には、その武家を憧憬の目で振りかえる者もいる。

――伊織様……。

吉蔵は、ふっと顔を和ませて見迎える。

武士の名は秋月伊織といった。

大身の御旗本秋月隼人正忠朗、柳営では御目付の御役を賜る、泣く子も黙るといわれるその人の弟であった。

御目付といえば、旗本以下、武士を監視観察糾弾する御役目で、老中や将軍にも意見を具申し、殿中を巡視して諸役の勤怠を見回り、評定所裁判にも陪席する、まあ言ってみれば、大変な権力者である。

その秋月家の弟が、なにを思ってか吉蔵の仕事に興味を持ち、今では吉蔵が誰よりも頼りとする見届け人となっていた。

見届け人とは、吉蔵のところに持ち込まれた情報が、正しいのか正しくないのか、はたまたその情報の正体を正しく押さえて、吉蔵に報告する役目である。

通常、こういう仕事をする者を下座見というが、だるま屋では見届け人といっている。

従って見届け人は欲で動く人間では務まらない。

その点伊織は一千石の御旗本の次男坊、金に困ることはないので欲に左右されることもない。

しかも剣術は柳生新陰流師範の免状を持つほどの腕前である。

吉蔵にとっては、願ってもない助っ人で、一目も二目も伊織には置いていた。

吉蔵を助けてくれる見届け人は、他にも浪人の土屋弦之助というだらしないが憎めない性格の御仁と、岡っ引あがりの長吉という探索に長けた足の早い男がいる。

その二人を束ねてくれているのも伊織であり、今や吉蔵の商売は大きくなった分、またその正確さを期する上でも、伊織なくてはやり遂げられなくなっていた。

しかし当の伊織は、それを笠に着るというでもなく、ただただ、飄々として仕事を片づけてくれているのであった。

秋月家の屋敷は、駿河台の表神保町にある。そのために伊織は、昌平橋か筋違橋かのいずれかを渡り、御成道に出て、だるま屋にやって来るのであった。

「これは伊織様」

吉蔵が酒を飲み干した碗を置いて見上げると、伊織はすぐに莚に片膝ついて腰を落とし、吉蔵に言った。

「火急の用と聞いてきたが……」

「はい……」

吉蔵は、往来する人々に聞こえぬように、顔を伊織に近づけると、

「伊予国西山藩に一大事でございます」

くるりと目を丸くして向けた。

「西山藩といえば、三万石の……」

「さようでございます。実は、昔水戸様から頂戴した家宝の鉄砲を失ったとか……」

「何……話の出所は確かな筋か」

「はい。麹町に鉄砲武具店を構えている『近江屋』という店がありますが、主とは以前にちょっとした事件で知り合いになりまして……その主が昨夜参りまして、自分にも責任があるからとそう前置き致しましてね……申しますのには、町方や御公儀に知らせる訳にはいかないので、こちらでなんとか調べて貰えないかと……まあ、そう言うのですよ……むろん内密にという話でございますが……」

吉蔵は、伊織の顔色を窺った。

伊織が首を縦に振らなければ、話は一歩も先には進まないのである。

「なるほど……で、弦之助と長吉は来ておるのか」

「土屋様はまもなく見えると存じますが、長吉さんには品川で火事があったようですので、そちらに先に走って貰いました」

「そうか」

と伊織が頷いたその時、莚の前に立ち止まった者がいる。

「ちょこっと……おみゃあ様が、だるま屋さんでございますか」

吉蔵に聞いてきたのは、初老の町家の婦人だった。

「はい、さようでございますが」

「倅からおみゃあ様の話を聞いて参りましたが、あたしは尾張国の者だがね。この江戸で倅が番頭にまで出世致しまして、物見遊山もかねて先日お江戸に参りましたが、その倅から、深川というところでは首が二つもある蛇が見つかって、どえらい騒ぎになったと聞きましてなも」

「はい、確かにそのようなことがございましたな。その時の話をご所望で?」

「いえいえ、そんなことでお江戸の皆さんは驚いているのかと……とろくせゃあ、尾張には首が三つもある、ありがてえ白蛇が出てござると、その話をおみゃあ様にお聞かせしてえと、まあ、そんな風に思いましてね」

と言う。

初老の婦人は、茶飲み相手の事欠く江戸で、絶好の相手を得たとばかりに、舌なめずりしている気配であった。

「それはそれは、是非にもお聞かせ下さいませ。暫時お待ちを……」

吉蔵は、初老の婦人に莚に座るように手で差し勧めると、伊織に小声で、

「すみません、伊織様。三つ首の白蛇には勝てません。後はお藤にお聞き下さいませ」

笑みを含んだ眼で店の中を差し、頷いた。

「いや、すまぬ。倅が夏風邪で熱を出したのだ。医者に往診を頼んだりしてな、それで遅くなった、申し訳ない」

店の奥の小座敷で茶を飲んで待っていた伊織の耳に、土屋弦之助のどら声が店の方から聞こえて来た。

どうやらお藤に言い訳をしているらしい。

弦之助が遅れて来るのは今始まったことではなく、その度に言い訳するのだが、こちらにはそれはお見通しだということがわからぬらしい。

「やあやあ、すまぬすまぬ」

一応申し訳なさそうな顔をして、お藤の後ろから酒焼けした顔を出した。背は高く、骨太の体つきだが、よく見ると鍛練している訳ではないから、腹の出っ張りが気にかかる。

「いいのか、倅殿は……」

言い訳とわかっていても、伊織は一応倅の容体を聞いてみる。

「何、多加が大袈裟すぎるのだ。風邪をひかせたのはお前さまのせいだなどと言い募る。わが女房ながら気が強くて」

弦之助は愚痴ってみせた。

弦之助には、女房多加と男児が一人いる。長屋暮らしだが、自分も含めて家族三人の糊口を凌ぐのは大変らしく、女房の多加はこの店から写本の仕事を貰っていると伊織はお藤から聞いている。

すぐに、お藤の厳しい言葉が弦之助を制す。

「多加様のお話では、こちらでお渡しするお礼のお足の半分近くがお酒に変わってしまうとか。多加様の苦労も考えてあげて下さいませ」

「多加のやつ、そんなことをお藤殿に言っておるのか」

弦之助は思わぬ敵に出くわしたと、舌打ちをしてみせた。

むろんお藤が、自分の一家に愛情を込めて言ってくれていることは承知の上だから、舌打ちしたところで後は苦笑するしかない。

伊織は笑って、

「それじゃあ、お藤殿、始めてくれ」

膝を直してお藤に向いた。

お藤は頷くと、伊織を、そして弦之助を見ながら説明した。

「さて、このたびお願いする筋ですが……」

昨夜遅く、麴町にある鉄砲武具店『近江屋』の主庄兵衛（しょうべえ）が青い顔をして吉蔵を訪ねて来た。

庄兵衛はひと目を避けて、わざわざ夜を待ってやってきたのだと言った。

その庄兵衛の話によれば、七日程前に、西山藩御筒役（おつつやく）から一丁の国友（くにとも）鉄砲の筒掃除を依頼された。

西山藩では毎年、藩主の誕生日を祝って鷹狩りを行うのが恒例となっていて、この時に限って水戸家から拝領した鉄砲を殿様は使用する。

実はこの鉄砲、その昔西山藩の六代様が、水戸様の若君の誕生日を祝い、伊予の山中で捕獲した一際美しい鳴き声の鶯を贈ったことから、その返礼として、今度は西山藩の七代様誕生日に賜ったものである。そういう深い縁のある鉄砲だけに、それ以来、西山藩では藩主の誕生日に限って持ち出される家宝の一品である。実際鷹狩りの日に実射することはないのだが、それでも鷹狩りが終われば決まって筒掃除を近江屋に依頼してくるのであった。

恒例では、近江屋に整備に出したその鉄砲を引き取りに来るのは、近江屋が鉄砲を預かってから七日目から十日目の間と暗黙のうちに決まっていた。

鉄砲は特別に作られたものであり、水戸家三(み)つ葵(あおい)の御紋が象眼によって施されていた。

恐れ多い品だけに、近江屋では鉄砲を預かっている間は、厠(かわや)に立つのも気を使う程で、奉公人たちも毎晩二人ずつ店の刀を膝元に置いて、寝ずの番をする。近江屋では一日も早く引き取りに来てくれるのを願うばかりだが、さりとて引き渡しに手違いがあってはならぬ。近江屋の身代や命にかかわる品とあって、腫れものに触るような気の使い様であった。

それは藩にとっても同じことで、間違いを引き起こさぬ策として、最初に鉄砲を運んで来た供の武士二人のうち、いずれかの武士が、近江屋の預かり証を持参し、それと引き換えに鉄砲を引き取るという約束ができていた。

今年の御筒掃除のお役にたったのは、御筒組頭補佐役狭山五郎蔵と、平役の柏木七十郎と名乗る男だった。

近江屋は鉄砲を預かる時に、その二人の顔をすばやく頭に納めていた。

狭山五郎蔵は背が低くてがっちりした体格で、唇の異様に厚い、人の良さそうな男だった。

一方の柏木は背が高く、目鼻の整った男だったが、悲しいかな、顔に無数の疱瘡の跡があった。顔立ちのよいぶん、火山の口のようなその疱瘡の跡が顔を台無しにしているようで、同じ男として気の毒だなと、ちらりと近江屋は思ったという。

この度、手入れをした鉄砲を取りに来たのは、その疱瘡の跡のある柏木七十郎だった。

預かってから六日目だった。

近江屋は通年よりも一日早いなと思ったが、鉄砲を持ってきた時の二人のうちの一人が受け取りに来たのである。

しかも柏木七十郎は、本日どうしても鉄砲を拝見したいというお方が藩邸においでになることになったと説明し、急なことでもあり、ついうっかり預かり証を持参することを忘れたが、明日にでも届けるから引き渡して貰えぬかと、真剣なまなざしで言ったのである。

その姿を見て、近江屋は疑いの余地を捨てた。

柏木七十郎が、近江屋の店にあったもう一枚の預かり証に拇印を押すことで、その日に急遽(きゅうきょ)引き渡しとなったのである。

ところが翌日になって、預けに来た時のもう一人の武士、狭山五郎蔵がやって来て、蔵の武具一斉の点検をやっているから、あの鉄砲は十日まで預かってほしいと言った。

近江屋はびっくりして、昨日柏木七十郎が取りに来た経緯を告げた。

今度は狭山五郎蔵の方が驚愕(きょうがく)した。

狭山五郎蔵はこの時近江屋に、昨日から柏木七十郎は行方知れずになっていると、意外な事実を打ち明けたのである。

鉄砲を持ったまま柏木は逐電(ちくでん)したのか……。

事の重大さに、狭山も近江屋も青ざめた。

柏木はともかくも、水戸家から拝領した鉄砲が戻らなければ、狭山はその責任を問われるし、近江屋もただでは済むまい。

二人は頭を抱えて、ぎりぎりの十日まで、手を尽くして柏木を捜し出そうということになった。

藩邸内の者はおろか、どこにも漏らすことのできない大事件である。

困り果てた近江屋は、それで吉蔵を頼ってきたというのであった。

お藤は、ひと当たり話し終えると、

「そういう訳です。難しい探索ですが、お願いします」

唇をひき締めて、二人を見た。

「話はわかった。で、このたびは手間賃ははずんで頂けるのかの」

弦之助は、あつかましくも、早くも手当てをお藤に聞く。

「そうですね。おじさまにそのようにお願いしておきます」

「それは有り難い。伊織、どうする。柏木とやらが鉄砲を持ち出したのは金を得るためか、あるいは誰かを殺めるためなのか……俺は質屋骨董屋をまず当たってみようと思うのだが……おい、伊織……」

弦之助は、考え込んでいる伊織の袖をきゅっと引いた。

「ああ……」

伊織は我に返ると、

「おぬしはそうしてくれ。俺は別の方から調べてみる」

慌てて応(こた)えた。

「今日を入れて三日しか猶予はありません。急いで下さい」

お藤が、追い立てるように言った。

二

伊織はだるま屋の表で弦之助と別れると、その足で麻布(あざぶ)の西山藩上屋敷に向かった。

搦手(からめて)から調べるには時間がなかった。

そこで、七十郎の知り合いを装って、正面からぶつかってみようと危うい賭けに出たのである。

一見無謀なやり方のようだが、伊織がそんなことを思いつくには訳があった。

むろんそれは、伊織が知っている一人の男が、確かに柏木七十郎でなければ成り立たない話だが――。

それは今年の春だった。

伊織は嫂華江の供をして亀戸の梅屋敷に梅の花見に行った。

華江は幼友達二人を誘っていた。しかも夕暮れ時の花見であったため、急遽伊織が用心棒となったのだが、その折、亀戸の梅林を照らす雪洞の下で、灯火にけぶる夜の梅を、白い扇子に染筆している一人の武士を見た。

その武士のすぐ横隣では、老女が亀戸名物『香り梅干し』などと書き散らした紙を立て、竹籠に入った小袋をつかんで、

「無病息災の香り梅干し」

などと往来の梅見の客に声をかけて売っていた。

去年の、この梅園でとれた梅を漬けた物だという触れ込みで、毎年梅見の頃には梅園のあちらこちらで梅干しが売られるが、たいがいは別のところで収穫された梅を漬け、ここに運んで来ているのだと聞いている。

亀戸の梅園は見渡す限りの梅の海で、毎年相当量の青梅が収穫されるが、しかし押し寄せる客にその梅干しを売ろうとすると、とてもこの園の梅だけでは足りないのであった。

ただ人々は、そんなことは百も承知で、この場所で出会った縁起物の梅干しとして買って行くのであった。

ところがこの日は、酔っ払った町人の若者三人に、梅干し売りの婆さんが絡まれた。

「婆さん、俺たちは騙されねえぜ。本当のところは、そいつはここの梅じゃねえんだろ……ん、客を騙して売ってやがるんだろ」

若者たちは、さも自分たちが騙りを正しているのだといわんばかりに、老婆を突き飛ばした。

竹籠をひっくり返して、小袋の梅干しを踏んづけた。

「止めておくれ……一年間、手塩にかけて漬けた梅だよ。あたしゃこれで食べてんだから」

婆さんは小袋に覆いかぶさるようにして懇願した。

だが若者たちは、

「だとよ……」

などとへらへら笑って、

「偽もの売って、すみませんでしたと謝ってみな。でなきゃとっとと消え失せろ」

婆さんの尻を蹴った。

その時だった。

「待て。おまえたち、こんな年寄りになんて酷いことをするんだ。お前たちこそ謝るのだ」

絵を描いていた武士が中に入ったのである。

「なんだと……へっ、武士の癖に刀を持つ手に絵筆かよ……そんななまくら武士が、えらそうなことを言うんじゃねえ」

いきなり武士は、若者の一人に鉄拳を食らった。

「何をする」

武士は起き上がるが、けっして腰の刀には手をかけなかった。

若者三人に素手で向かった。

わらわらと見物人が寄って来る。

その大衆の面前で、武士はたちまちのうちに若者たちに囲まれて、殴られ蹴られして倒された。

「伊織殿……」

遠巻きにして見ていた華江が伊織を促した。

伊織も華江に促されるより一足早く飛び出していた。

酔っ払いの若者三人をあっという間に蹴散らして、婆さんを助け起こしたのだが、その時、その武士は伊予国の者で柏木という者だと名乗り、梅花の絵を描いた扇子一本を伊織にくれたのである。

その武士が人懐っこい顔を雪洞の明かりに映した時、顔に無数の疱瘡の跡のあったことを、伊織は思い出したのであった。

人相風体と、扇子に梅を描くというその風流が、どう見てもそぐわない男だった。それだけに、強く印象に残っていたのである。

まさかとは思いながら、伊織はあの時の柏木こそ、西山藩の藩士柏木七十郎ではなかったかと考えているのであった。

だるま屋で、お藤の話に聞き入りながら、一人で思いに耽っていたのは、そういう事情だったのだ。

「柏木という名の、扇子に絵を描く者ですかい……」

西山藩の門番の一人は伊織を怪訝な目で見て呟いた。

「御筒役と聞いた記憶があるのだが」

「御筒役で絵を描く者ねえ……」

門番は相棒に尋ねるような目を向けた。

「おい、あれだよ。ホラ、あばたの……」

相棒は、頬を人差し指でつんつんとつっついた後、鼻で笑った。

「ちげえねえ」

門番はあからさまに嘲るような笑みを浮かべると、

「で、そちら様は、どちらの御家中の秋月様でございますか」

「ハッハッハ……様と呼ばれるほどの者じゃない。冷や飯食いだが怪しい者ではござらぬ。梅屋敷で会った者だと伝えてくれればわかる筈だ」

伊織はすばやく二人の門番の顔を交互に見た。

しかしまだ怪しむ顔を察知して、

「おおそうだ。少ないが二人で一杯やってくれ」

袖から手を出して、一人の門番の掌に一朱金を握らせた。

「こりゃあどうも……へっへっ、話のわかるお方だぜ。暫時お待ちを」

門番は、相棒に頷いてみせると、門の中に消えた。

まもなくだった。

数人の武士が門番に案内されて走り出てきたが、その者たちはいずれも険しい

顔をして門前にずらりと並び、

「帰ってくれ。御筒役に柏木などという者はおらぬ」

　伊織はにべもなく追い返された。

　——俺の目に狂いはなかった。あの折の武家は、この藩の柏木七十郎だったのだ。しかしあの様子では、この一件、すでに藩邸内では周知のことらしい。

　伊織は追い返された西山藩上屋敷を後にしながら、屋敷内に漂っているぴりぴりした雰囲気を敏感に感じ取っていた。

　どれほど歩いたか、西山藩の塀が切れ、町並みに入ろうとしたところで、伊織は後ろから呼び止められた。

　振り返ると、がっちりした体つきだが、背の低い、唇の厚い男が刀の柄に手をさりげなく置きながら、伊織に近づいて来て立ち止まった。

「貴公がさきほど柏木を訪ねて来られた秋月殿か」

　男の声は険しかった。殺気さえ感じられた。

「いかにもそれがしだが」

　伊織も厳しい顔で見返して、

「そうか、そちらは狭山殿と申されるのではないかな」

いきなり質した。

「何を嗅ぎ回っている。申されよ」

唇の厚い男は足を広げて身構えた。

「まあ待て。俺はだるま屋の者だ。内々に近江屋の意を受けた者だ」

じっと見た。

「近江屋の……まことか」

「一刻を争う事態と聞き、直接柏木という御仁に繋がる何か、もそっと詳しい話を聞き出せるのではないかと参ったのだが……」

「…………」

「教えてくれぬか。柏木という男が抱えていた事情を……洗いざらい話してくれぬか。さすれば探索のしようもある。まだ間に合うかもしれぬのだ」

伊織はそう前置きすると、この春にあった亀戸での一件を掻い摘んで話し、その時の武士が柏木七十郎ではなかったかという気がしている、それならばなおさら放ってはおけぬのだと告げた。

「確かに手前は、狭山五郎蔵と申す」

背の低い、唇の厚い西山藩士は、蕎麦屋(そば)の小座敷に上がるとすぐに、自分は狭山だと名乗った。

小座敷といっても、衝立(ついたて)で区切っただけの座敷である。しかしそれでも、内密の話をするには、腰掛けよりはいい。

八ツを過ぎていて、店には老人が一人、片隅で蕎麦を食べているぐらいで、他に客の姿はなかったが、狭山は用心深かった。

店の女にも、注文した蕎麦を運んで来た時、しばらく近づかないように言い含めた。

そうして狭山は、改めて伊織に向くと、このまま柏木も見つからず、鉄砲も戻ってこなければ、武士としてのけじめをつけるつもりだと告白した。

その上で狭山は、

「柏木には藩を出奔する事情があったのです。もっと早く気づくべきでした」

と苦々しい顔をした。

「柏木殿には、誰か恨みにでも思う者がいたのですか」

「いや、好いた女子(おなご)がいました……」

「女子……」

「秋月殿、柏木は女子に狂って尋常な勤めができなくなりましてね、それで国に帰されることに決まっていたのですよ」

「ほう……」

「女の歓心を買うために藩内でも相当借金をしているのが発覚致しまして、とにかく心ここにあらずという有様でした……秋月殿が亀戸で会った時に書いていた絵も、おそらくそれを売って金を作ろうとしていたに違いありません」

「てっきり風流を楽しんでいるように見えたのだが」

「江戸藩邸に勤める者には、定府(じょうふ)、江戸詰めおしなべて三割増しの手当てがつきます。柏木は定府勤めになって五年になりますから、堅実に生活をしていれば多少の小金を貯めていてもよさそうなものなのに、それをああして内職までして、女に渡す金を作っていたのですよ」

「国には家族はいないのですか」

「おふくろさんが一人います。しかし、おふくろさんには別途で食い扶持(ぶち)は支給されているのです」

「ほう……随分結構な扱いじゃないか」

「柏木の家は代々の鉄砲指南でしたから、亡くなった親父殿の功績が買われて手当ても特別だったのです。柏木自身は今は平役ですが、先々組頭にもなる家柄……それを、女一人でこんなことになろうとは、げに恐ろしきものは女ということでしょうか」

「どんな女子です……ご存じですか」

「いえ、知りません。知りませんが、妻になって貰うのだと言いましてね、有頂天になっていた時期もあったのです。しかし、近頃は妙に落ち込んでいましたから、私も心配していた矢先のことでした」

「…………」

「実はその女子、植木屋の娘とかいいましてね。そのうち私にも会ってくれないかなどと言っておったんですが……私はよせと言ったのです。国の女ならば相応の武家の娘を娶(めと)れる筈、それを江戸の町家の娘だなどと……江戸の女が国表の田舎暮らしが出来るとは思われませんからね。何を血迷っているのかと叱ってやりました」

「では、その女のところに行ったのではありませんか」

「まさかとは思いますが……国に帰れと言われておりますから、その女と心中ということも有り得ないことではない、私はそれを危惧(きぐ)しています」

「女のところ以外に、立ち寄る先はありますか」

「それはありません。大罪を犯して身を寄せるところなど、あろう筈がありません。こちらは、藩につながる出入り商人などには、既に手を打ってあります」

「ふーむ……」

伊織は腕を組んだ。

まずもって雲をつかむような話だと思ったが、柏木の出奔には女が絡んでいることは間違いないように思われた。

それにしても探索の期限がせめて十日もあればと思うのだが、あと三日である。期限を突きつけられている格好の狭山の心底を思うと、気の毒としかいいようがない。

狭山は、苦悩の顔を上げると伊織に言った。

「秋月殿。初めてお会いした貴殿にここまで話さねばならぬ胸中、お察し下され。恥も外聞もござらぬ。協力頂ければ有り難い」

「むろんそのつもりで参っている」

「かたじけない。実は私は七十郎の親父さんには生前世話になっておりまして……つまり私も親父さんから鉄砲指南を受けております。私だけではありません。

御筒役の者たちは皆そうです。ですから、心のうちではなんとか助けてやりたいとは思っているのですが、しかしそれも、期限の日までに鉄砲が戻ってくればの話ですから……」

「……………」

「万が一、期限までに鉄砲を取り戻すことが出来なかったその時には……その時には、柏木一人の問題ではなくなります。私の命だってどうなることやら、むろんのこと藩の行く末も案じられます……」

狭山は、もはや伊織を信用しきって、心の内を吐露したのであった。

三

伊織が御成道に引き返すと、吉蔵の側に座り込んでいる町人が見えた。

——長吉……。

見届け人の一人、先年まで岡っ引をしていた長吉である。

小柄で細身の長吉の体には、全身にぬかりのない神経を走らせているような俊敏さが感じられる。後ろ姿でも伊織にはすぐにわかった。

伊織は斜陽を踏んで、二人のいる店先に急いだ。

箱看板の行灯に灯が入る頃になると、吉蔵は一日の外での仕事を終えるのである。

「長吉、帰ってきたのか」

伊織が近づいて声をかけるより早く、長吉が振り返った。

「品川の火事はてえした火事ではございませんでした。それより伊織様、柏木某とおっしゃるお方でございますが、あっしも品川からけえったあと、少し調べてみたのです。すると妙な話を耳にしたものですから、今吉蔵の親父さんに話していたところでございやす」

「ほう、早速何かつかんできたらしいな。して何だ。女のことか、金にまつわる話か」

「恐れ入りやす。田舎侍がこの江戸で失敗するのは、旦那のご指摘の通り女か金か、相場は決まっておりやすから、あっしは金貸しを当たってみました」

「なるほど……俺も女がいるらしいというところまでは聞き出したのだが、それまでだ」

「そうですかい。まず金の方でございますが、あっしが調べたところでは、神田の三崎（みさき）屋から五両借りておりやした。田舎侍がこの江戸で五両もの金を担保なしに借りるというのはたいへんなことです。第一信用がありませんからね。いつ国に帰るとも限らないのですから、それを柏木は女連れで訪ねて行って、この者が俺が借金をしたという証人だと、そう言ったそうでございます。証人といったって、返済が滞った時に始末をつけてくれる訳じゃねえ。しかし三崎屋は、面倒なことから免れたいばっかりに、五両の金を融通してやったようです。その時連れていた女がおかねという女でして」

「おかね……」

「へい……その娘は、植木屋『千成屋（せんなりや）』の松五郎（まつごろう）の娘だと言ったそうです。千成屋の娘ならばと、三崎屋も金を貸したようですが」

「千成屋というのは、随分信用があるようだな」

「武家や商家ばかりに出入りする植木屋のようです。ところが三崎屋のいうことには、柏木というお人は一度も利子さえ入れてくれていない。それで西山藩に訴え出たということでした」

「いつの話だ」

「金を融通したのは半年も前らしいのですが、西山藩に訴え出たのはつい最近、半月ほど前のようでした」

「伊織様……」

　そこまでじっと耳を傾けていた吉蔵が、顔を上げた。

「柏木というお方の借金ですが、それだけではございません。土屋様が調べて下さったところでは、あちらこちらの質屋に、合わせて三十五両もの借金がございました。調べればまだまだ借金があるのかもしれません」

「ふーむ」

　伊織は借金の話は、西山藩の狭山という武家からも聞いていた。

　いろいろと考え合わせてみると、柏木は借金を藩邸の内でも外でもしていたことになる。

　しかもそれが、相当な額にのぼることがわかった。

　吉蔵は、話を続けた。

「私が不思議に思いますのは、なぜ葵の御紋の入った鉄砲を持ち出したのかということです。例えばですよ、女と心中するのならば、鉄砲でなくとも出来る訳でしょう。むしろ小刀の方がやりやすい。また借金の穴埋めにどこかの質屋か骨董屋に売り飛ばすといっても、おいそれと、そんな恐れ多い御紋の入った鉄砲を買い取る店があるとは思われません。誰かに知れれば、譲り受けた者だってお咎（とが）めを受けることになりますからな」

「吉蔵、それだが、御紋入りの鉄砲を持ち出す理由としてひとつだけ考えられるのは、主家に恨みがある場合だ。主家に恥をかかせる手段としては拝領の鉄砲は格好の代物だ」

伊織の頭の中にも、なぜ御紋入りの鉄砲なのかという思いがずっとあったが、吉蔵の話を聞いていて、ふとそう思ったのであった。

「しかし伊織様。柏木というお人は、別に主家に恨みがあった訳ではないのでございましょ。国に帰れと言われたのは自分のせいなんですから、主家を恨むことなど出来る筈がない」

伊織は吉蔵の言う通りだと思った。

江戸では十里四方は鉄砲を撃つことは許されていない。もし撃てばお咎めを受ける。

鉄砲は女とともに江戸への出入りを厳しく監視されている。幕府は開府以来、鉄砲については特別の監視体制をとってきていた。

国に争いがなければ、鉄砲を使用する必要はないからである。

鉄砲はもはや参勤交替の折、供ぞろえとして沿道の大衆にみせるためだけの物になっていた。

　だから未だに、鉄砲は種子島と呼ばれていて、火縄銃だった。随分と改良されているとはいえ火縄銃は火縄銃、撃つ場合は点火してからひと呼吸の間が必要である。

　近頃になって、鉄砲鍛冶師の国友一貫斎が空気銃を作ったらしいことは兄を通じて伊織も知っている。だがそれとて、近くで対峙しての殺し合いなら、刀の方が有利ではないかと考える。

　ただ、遠くから狙うのならば鉄砲は有効だ。しかしその場合は相当の腕を要する。

　柏木の場合は父親が鉄砲師範ということだから、腕に覚えはあるのだろうが、梅屋敷で見た柏木の姿は、とてもむやみに鉄砲をぶっ放すような、そんな向こう見ずな男には見えなかった。

「伊織様……いずれにしても、柏木という御仁、もはやおかねという女のところ以外には、立ち寄るところはないように思われますが……」

　吉蔵はそう言うと、暗くなりはじめた往来に気づいたのか、素麺箱の中に硯や紙をしまい始めた。

お藤が出て来て、箱看板の中に灯をともした。

往来を箱看板の灯が照らす。

看板の『古本売買　御書物処』の墨字が、看板の障子の中にくっきりと浮き出てみえた。

灯がともった途端、往来には既にもう、夜が忍び入っていたことが知れた。

「おじさま、お話は中でなさって下さいませ。こんなに暗くなっているのに、ほんとに困った人……伊織様も長吉さんも、どうぞお店の方に……」

お藤は吉蔵に、母親か姉が言い聞かせるような口調で言い、伊織たちには苦笑してみせた。

話に熱中すると、吉蔵は我を忘れる人である。

お藤は、吉蔵の体を案じているから口煩い。

「いや、もう、話は終わったのだ」

伊織は言い、灯に照らされたお藤の顔を見た。白い顔に引いた紅が潤いのある輝きをみせていた。

——なぜこのだるまのような男に、この姪っこが……。

伊織は二人の取り合わせがおかしくて、お藤と吉蔵を交互に見遣(みや)った。

「伊織様……」

長吉は、目の先にある出合い茶屋『花菱(はなびし)』を目顔で差した。

茶屋は不忍池(しのばずのいけ)にある弁天島に、島を取り巻くように建っている出合い茶屋の一つであったが、そこに植木屋千成屋の娘おかねが、今暖簾をくぐって入って行くところだった。

「真っ昼間から堂々と……まったく近頃の娘はどうなってるんですかね」

長吉は舌打ちして、おかねが暖簾の中に消えるのを見届けると、

「出て来るまでには一刻(とき)はかかりやすでしょうな。伊織様は蓮飯(はすめし)でも召し上がってきて下さいまし」

後ろを振り返って、軒に置いた飯釜から白い湯気のたっている茶屋を差した。

蓮の飯を炊く香りは、先ほどから二人の鼻孔をくすぐっていた。

不忍池は蓮の花のまっさかりである。

この頃の、御府内を紹介する歳時記を繙(ひもと)いても、その紹介文には『不忍池は江戸第一の蓮池なり。夏月に至れば荷葉累々として水上に蕃衍(はんえん)し、花は紅白色を

まじえ、芬々人を襲う。蓮を愛するの輩、しののめを殊更の清観とす』とあるように、この世の極楽を見るようだと、まだ明け切れぬ頃から花見の客が押し寄せる。

蓮の池に囲まれている弁天島は、さしずめ仏の花の中心に居るような按配であった。

しかしそういった場所に、男と女が秘密のいっときを過ごす出合い茶屋がひしめき合っている。

長寿やこの世の幸せを願って弁財天に手を合わせたその足で、密かに隠微な男と女の交わりを求めるという、人の営みの表と裏を、この小さな島でさえ思い知らされるのであった。

ところがそこに、まだ娘である筈のおかねが躊躇するでもなく平然と入って行ったのである。

長吉は眉をひそめて見送ったが、

——しかしこれで、柏木を捕まえることが出来る。

伊織はそう思った。いささかほっとしている。

伊織が西山藩を訪ねて狭山と会ったのは昨日のこと、柏木の探索は後二日の猶予となっていた。

　そこで早朝から、伊織と長吉は船河原町（ふながわらまち）にある植木屋千成屋を張っていたのである。

　柏木七十郎がおかねに繋ぎを取ってくるに違いないと踏んだからだが、はたしておかねは、昼前に風呂敷包みを抱えて出てきたのであった。

――柏木から呼び出しがかかっていたか。

伊織と長吉が、凭（もた）れていた板塀から体を起こすと、

「お師匠さんによろしく言っておくれ」

おかねを送り出した母親は、そう言ったのである。

なんだ、稽古ごとに行くのかと思ったが、二人はおかねを尾（つ）けた。

するとどうだろう。あろうことか、おかねはお稽古どころか、まっすぐに不忍池にやって来て、弁天島への石橋を渡り、この出合い茶屋に直行したのであった。

伊織も長吉もそういう訳で、昼食はまだ摂（と）っていなかった。

先程八ツの鐘を聞いているから、腹が空いているのは長吉も同じの筈だった。

「それじゃあお前が先に食べてこい」

「いえ、あっしは女房がむすびを一つ、用心のために持たせてくれておりますか

ら」

長吉は懐を叩いて笑みを見せた。

「用心のいい奴だな」

「へい、どうも……持ってけって聞かないものですから、相すみません」

長吉は、嬉しそうな顔をしてみせた。

「謝ることはない。お前には勿体(もったい)ない女房殿だな」

「おっしゃる通りで……」

長吉は、臆面もなく言い、苦笑いして頭に手をやった。

長吉の女房はおときというのだが、柳(やなぎ)橋の南袂(たもと)で居酒屋『らくらく亭』を営んでいる。

くるくると働き、気配りの届くよく出来た女で、長吉がかつて北町奉行所から十手(じって)を預かっていた時から、その内助の功は知れ渡っていたというが、伊織が見てもなるほどと思える女である。

訳あって十手を返した長吉は、しばらくはおときの店の手助けをしていたが、探索好きの血が騒いだのか、だるま屋吉蔵の見届け人となったのである。

「わかった。それじゃあそうしよう。すぐに戻る」

「いえ、ごゆっくり……何かありましたら、お知らせ致しやす」

長吉は「ピーチュル、ピーチュル」と、小さく鳴いてみせた。

鳥の鳴き真似は長吉の御家芸で、いざという時にはこの鳴き真似で仲間に知らせることになっていた。

「うむ……」

伊織は笑ってそこを離れた。

茶屋で蓮の葉に包んだ蓮飯を食し、腹ごなしに天龍橋に立った。

天龍橋は、不忍池の岸と弁天島を結ぶ道の中ほどにある、太鼓橋のように反り上がった橋である。

池を行き来する舟は、この橋の下をくぐりぬけるようになっているのだが、伊織が橋の上に立ったその時も、ちょうど一艘の舟が舳先(へさき)からゆったりと出てきたところだった。

舟は蓮舟だった。

蓮舟とは、蓮の葉を摘むための舟のことで、蓮の葉は芳香が強く、この辺りの茶屋や料理屋ではそれを利用して、食べ物を盛ったり包んだりするのに重宝していた。

——あの時も蓮舟を見た。

伊織は、目の下を過ぎていく蓮舟に乗った若い母親と幼い男児を見て、そう思った。

母親は蓮舟を巧みにあやつりながら、細工を施した棒の先で、蓮の葉の茎を切り、舟の中に収穫しているのだが、男児の方はその様子をじっと、飽きもせず見ているのであった。

何も言葉を交わさずとも、母と子は、人には知れぬ深い絆を紡いでいるように見えた。

思わず胸の熱くなるのを覚えた伊織は、この同じ場所で、同じような光景を見たのを思い出したのだ。

随分昔の話だが、伊織は母と二人でこの場所に立ったことがあった。

何かの用事で外出した帰りに弁天島に立ち寄ったのだが、その時もこの橋の下から蓮舟が現れてびっくりした。

年老いた爺さんが舟をあやつり、舳先には赤い着物に黄色の帯を締めた、まだ年端もいかぬ可愛い女の子が乗っていた。

女の子は右手も左手も舟の縁をしっかりつかんでいて、舟底に両足を踏ん張っていた。橋の上からは、踏ん張っている足元の、赤い鼻緒の草鞋までよく見えた。

女の子はしきりに爺さんにしゃべりかけながら、爺さんが摘んだ蓮を、綺麗に重ねて舟の底に積み上げていた。

年老いた爺さんと、幼い女児が懸命に働く姿は、子供だった伊織の胸を打った。

その時だった。母が蓮舟を目で追いながら、伊織に静かに言ったのである。

「伊織殿、そなたは秋月家の次男です。忠朗殿は長男ですからいずれ家督を継ぎお役も頂く御身ですが、あなたはそうではありません。ですからこの世の中は武家の社会ばかりではないということを……御法では守ってもらえない弱い立場の人間がいるということを知ってほしいと思います。武家も人なら町人も人、農民も女もみな同じ人間です。この世を支えているのは、みなあのような人たちだということを……」

母は確かにそう言った。

そういえば、あの時伊織は十二歳だった。

母がなぜそのような話をしたのかはその折にはわからなかったが、後で母が亡くなったとき、母は後妻で、裕福だとはいえ町人の出であったことを知り、謎が解けたような思いをしたことがある。

父の先妻には子がいなかったため、兄も伊織も母の子だが、母は冷や飯食いと揶揄（やゆ）される武家の次男に、世の中を柔軟に見て、どこにあっても人間らしく生きることの大切さを教えてくれていたのかもしれぬ。

今になって思えば、こうしてだるま屋の見届け人として仕事を手伝っているのも、あの折の母の言葉が、どこか体の深いところにあるからかもしれない。

伊織は懐かしむ目で、移動していく蓮舟を見送りながら、つい感傷的になった自分に苦笑した。

思い出を覚めさせたのは、女の泣き声だった。

振り向くと、橋の上で着流しの男に必死に訴えている女が目に留まった。

女の様子から、かつては二人の間にあった濃密な関係が窺い知れたが、冷たく女を見下ろしている男の表情からは、もう既に女への何の感情もなく、男は女に別れ話でもしているようだった。

——哀訴しているようなこの女の痛ましげな姿に比べると、あの女は……。

伊織は、先ほど出合い茶屋に入って行ったおかねのことを思い出していた。

今茶屋で会っている男が柏木ならば、状況は切羽詰まっている筈である。それを、あの能天気な様子では……柏木は女を見る目を誤ったとしか思えぬ。

ピーチュル、ピーチュル。

長吉の鳥の鳴き真似が聞こえてきた。

伊織が急ぎ弁天島に引き返すと、

「旦那……」

長吉が鋭い視線を花菱に向けた。

おかねが武家の男と出てきたところだった。

――違う。

伊織は、その武家が柏木でないことを知り、愕然(がくぜん)とした。

「あの男は柏木ではない」

「なんですって……」

長吉は驚きの声を上げ、ちらりと伊織に視線を投げたが、おかねと武家が距離を徐々に離しながら歩いて行くのを見届けると、

「武家の方を尾けてみます。どこのどなたさんか、確かめて参りやす」

長吉は、すいすいと何人かを追い越すと、その武家の後ろにぴたりとついた。

そんな長吉に気づきもしないで、おかねは長吉の背中を見て、前を急いでいる。

白い腕を袖から出して、襟足の後れ毛を整えながら腰を振って歩くおかねの後

ろ姿は、あんまり見続けていたいような景色ではなかった。

伊織はおかねが石の路を渡り切って、鳥居を出たところで声をかけた。

「千成屋のおかねだな」

おかねはぎょっとした顔をして振り返った。

「聞きたいことがあるのだが。柏木七十郎のことだ」

「あんた誰……あの人とどういう関係があるのさ」

おかねは、蓮っぱな物言いをした。

しかし顔はこわ張っていて、後ろに下がりながら警戒の目を向けている。

おかねにとって柏木という名は、どうやらもう、触れられたくもない忌み物になっているようだった。

嫌悪の思いが、その表情にありありと見えた。

「柏木七十郎はどこにいる……知らないのか」

「知りませんよ、余所(よそ)をあたって下さいな」

いい加減な返事をして、踵(きびす)を返そうとしたおかねの前に、伊織は先回りして待ったをかけた。

「何するんだい……あたしが何したっていうの。どいてよ、人を呼びますよ」

　おかねはわめく。

「なるほど、知らないといいながら、その態度はなんだ……。何があったのだ。正直に話さぬと後悔するぞ」

　伊織が強い調子で言い、睨み据えると、おかねはようやく観念したらしく、

「何を聞きたいか知りませんが、私あの人とは別れましたから……」

　と言う。

「別れた……いつのことだ」

「昨日です」

「何、昨日柏木と別れて、今日はもう別の男と会っていたのか」

「だって私、お金のない人、嫌いですから……」

「柏木のことを言っているのだな」

　伊織は唖然として、おかねを見た。

「そうよ、いけませんか。それに、田舎に一緒に行ってくれなどと、とんでもないことを言うんだもの。私はね、あの人がこの江戸にいる間の、退屈しのぎのお相手をしてあげようと思っただけよ。誰があんなあばた面……」

「何……おかね、今なんと言った」

「だから、あばた面だって……」

「人には言っていいことと悪いことがあるぞ」

「だって本当のことだもの。それを、逆恨みして、お前を殺してやるなんて、ぶるぶる震えて……」

「そうか、柏木はそんなことを言っていたのか」

「あの人に、人を殺す勇気なんてあるもんですか」

「いや、柏木は藩邸から鉄砲を持ち出しているぞ。お前がそんなに冷たいんじゃあ、お前を殺そうとして持ち出したのかもしれんな。気をつけた方がいいぞ」

伊織は脅しをかけてやった。

おかねは真っ青な顔をして、

「まさか……」

「奴は藩を追われているのだ。賭けに出たのだ。ところがお前に冷たくされて、そういうことならいつ逆上して襲ってくるかもしれぬということだ。お前も覚悟した方がいいかもしれぬな」

「………」

「今更だが、あんまり男を手玉にとらぬ方が身のためだぞ」

伊織は、あの、人の良さそうな柏木七十郎が、どうしてこんな女に夢中になったのかと胸が悪くなる思いであった。

四

「おかねめ……」

柏木七十郎は、遠くに花火の砕ける音を聞きながら、黒い川面（かわも）を睨んで憎々しげに呟いた。

七十郎は、昨夜から和泉橋（いずみばし）の橋下をねぐらにしている。

何故（なぜ）、こんなことになってしまったのかを、ずっとこの、人の目の届かない場所で考えていた。

思い返せば、おかねに会ったのは昨年の秋だった。

向嶋（むこうじま）の川の堤で、萩の花を描いていた七十郎の絵を、はしゃいだような感嘆の声を上げて手に取ったのが、おかねだった。

「お武家様、その絵は譲って頂けないのでしょうか。是非是非……」

おかねは名を名乗って、七十郎に両手を合わせた。

七十郎は迷った。

国には年老いた母がいる。

その母に、江戸の四季や風俗を、せっせと七十郎は描き送っていたのである。

絵を描いているのは人に見せるためのものではなく、まして売るつもりもなく、暇潰し(ひまつぶ)しに母に送る便りでしかなかった。

しかし、目の前の美しい江戸の娘が、手を合わせて頼んでいる。

女に縁のない七十郎には、思いがけない出来事だった。

「このような絵でよろしければ……」

七十郎は、頷いた。

「嬉しい……ありがとうございます」

おかねは、飛び上がらんばかりに喜ぶと、七十郎の側にむせるようないい匂いをさせてしゃがみこんできた。

その時の光景は、昨日目をつり上げて下品な言葉で七十郎を罵倒(ばとう)したおかねとは、まるで別人だった。

あの時、おかねに初めて会った時、七十郎は鼻孔をくすぐるおかねの香りに酔った。

香りだけじゃない。しぐさ一つをとってみても、江戸の女はなんと優美なことよと、七十郎はおかねを眺めてそう思ったのである。

差し出した手の白さ、絵を見つめる時に垣間見えた襟足のなまめかしさ、なにもかもが天女のように思えたのである。

なにしろ七十郎は、江戸の女と言葉を交わしたのは、この時が初めてだった。夢心地だった。

一期一会という言葉があるが、再び巡り合うこともあるまいと思っていたのに、七十郎が写生をする場所に、おかねが顔を出すようになったのはまもなくのこと、やがて二人は忍び逢う仲になっていた。

忍び逢うと言っても、おかねが七十郎に肌を許したのは一回こっきり、しかしそのことがかえって七十郎を夢中にさせた。

――いつかは存分に俺の腕に抱くことが出来る……そうだ、妻にすればいいのだ。

様々に想像するだけで、七十郎は幸せで目がくらむようだった。

幼い頃に疱瘡を患って顔に無数の跡を残した七十郎は、その時から人前に出るのさえ嫌だった。

手習いに行っても、剣術の道場に行っても、いつも白い目で見られていると感じていた。

何かにつけて、皆に疎（うと）んじられて除（の）け者にされていると感じていた。

父親が鉄砲指南だったため、あからさまに七十郎に蔑視した言葉を投げてくる者はいなかったが、自分に向けてくる視線を見れば物いわずとも七十郎にはわかっていた。

そんな七十郎を、黙って、優しい目で支え続けてくれたのが、ただ一人母親だったのである。

「顔にある跡を気にすることはありません。母は思います。七十郎殿は父上様より、ずっといい男ぶりですよ。男はここですからね」

母は胸を叩いてみせた。

その母が、義理の母だと知ったのは、父が亡くなる直前だった。

「いつかは知ることになろうから言っておくが、母はお前の実の母ではない。しかし、実の母以上にお前を慈しんでくれた恩を忘れてはならぬ。母を頼むぞ」

父はそう言い残して死んだ。

七十郎は父の死を悲しんで泣き、母の愛の深さを知って泣いた。

七十郎の胸にはこの時から、自分を馬鹿にしてきた者たちを、きっと見返してやりたいという気持ちが生まれたのである。

それは、地道にこつこつと勤め上げ、職務の上での成功者となることだった。

しかし、おかねと深い仲になってそんな考えはどこかに吹っ飛んだ。

江戸の美しい女を女房にする……そのことは、職務の上で成功するのと同等の価値がある、いや、それ以上のものがあると七十郎は考えたのである。

職務で上にのぼることよりも、こちらの方が仲間は羨ましがるに違いない。それでこそ仲間に勝ったといえると思った。

七十郎はおかねに言った。

「俺の知り合いの養女になってくれないか。さすれば祝言があげられる。何、養女といっても形式だけのことだ」

七十郎は、意気揚々と自分の気持ちを伝えたのである。

だがそれを機会に、おかねの態度が変わっていった。

あれが欲しいこれが欲しいと金の無心が多くなった割りには、七十郎の思いをするりするりと躱すのだった。

もはや唇を合わせることさえしなくなった。

そのくせ、芝居を見ている最中に、湿った手でそっと指を絡ませてきたりする。

七十郎はますますおかねの歓心を買うことに躍起になった。

おかねにせがまれるままに、あちらに借金をし、こちらに借金をしているうちに、もはや自分の力では返済できないところまで来ていたのである。

そんな時、ある酒屋で旗本前島定之助(まえじまじょうのすけ)の家来だという人物から、主の前島定之助が西山藩に秘蔵されているという種子島を拝ませてもらえたら、十両の礼金を出してもいいと言っていると持ちかけられたのである。

ちょうど鉄砲は筒掃除に出していた。

一日ぐらいなら持ち出しても大丈夫ではないかと七十郎は考えた。

まっとうな藩士のすることではないなという思いがチラッと頭をかすめたが、もはやここまで来れば、一分(ぶ)でも金を得ることが先決だと考えたのだ。

七十郎は頭を絞った。

毎年藩邸に鉄砲を引き取るのは、七日から十日の間が慣習となっている。

それより一日早い六日に引き取れば、少なくとも一日の猶予はある。

――よし、それで行こう。

金が欲しい気持ちが先にある七十郎は、酒屋で話しかけてきた男の話を鵜呑(うの)みにした。冷静な人間なら危険を察知したに相違ないが、その時の七十郎は、そんな感覚など既に失っていた。それだけ七十郎は、窮地においこまれていたのである。

　ただ、七十郎は鉄砲を前島に渡す時、下谷の前島の屋敷まで行っている。そして主の前島定之助に会い、直接前島の手に鉄砲を渡し、その引き換えに十両の金を貰って、おかねの所に走ったのである。

「おかね……」

　七十郎は嬉々として、おかねの掌にその十両を載せた。するとおかねは、

「あら、手切れ金かしら……」

　思いがけない言葉を吐いて、すいと胸元に金を入れたのである。

　七十郎にとってその言葉は、突然立ちふさがった壁のようだった。

　その壁の高さにやみくもに挑むように七十郎は言った。

「おかね、その金は二人の祝言をあげる金だ」

「止めて下さい、そんな話…… 諺では『あばたも笑窪』だっていうけれど……でもあばたはあばたなのよ、笑窪には見えないもの」

「お前は……」

七十郎は怒りに任せて、刀の柄頭に手を添えた。

するとおかねは、

「そんなことしか出来ないの。腹立ち紛れに町場の女を斬るなんて卑怯者よ、卑怯者のすることとよ」

憎々しげに毒づくと、辺りいっぱいに聞こえるように騒ぎ出したのである。

「ひ、人殺し……。誰か、誰かー……」

七十郎は、はっと気づいて、人の目を避けるように引き返したのであった。

七十郎の難儀は、更に翌日になって増した。

一日の約束で貸し出した鉄砲を引き取りに行った七十郎は、前島定之助の屋敷の門前で、追い返されてしまったのだ。

「恐れ多くもそんな根も葉もない話を持ち込むなど、騙りでお前を届けるぞ。なんなら、その証拠を出せ」

前島がそう言っているといい、家来たちは、けんもほろろに七十郎の言葉をつっぱねた。

鉄砲などというものは、もともと人に預ける品ではない。

しかも、西山藩の家宝である。

そんな品を貸し借りする証文などあろう筈がなく、さりとて昨日もらった十両は、おかねにそっくり取られてしまっていたのである。

七十郎は前島家の家来たちに、物乞いのように追っ払われて錯乱し、藩にも帰れなくなって、とうとう浮浪者のようになってこの橋下に来たのであった。

腹を切ろうと思ったが、その前に、どうしても鉄砲は藩のためにも、取り戻さなければならないと思った。

七十郎はここにきてようやく、鉄砲を人に貸したことのその愚かさ、軽薄さに初めて気づいたのだった。

間違いなく、辛い目に遭わせてしまう母のことを考えれば、どうしても鉄砲だけは取り戻さなければならなかった。

前島家に盗みに入り、あるいはそこで前島を斬ることになったとしても、鉄砲は取り戻す。そしてそれを藩に届けたところで、おかねを斬り、己も死ぬ。

七十郎はそこまで考えて、ようやく一つの道が見えてきたようなそんな気がしたのであった。

また、幾連にもなった花火がはじけたようだ。華々しい音が七十郎の胸に迫る。

それはまるで、いっときの夢に人生を賭けようとして砕けてしまった己自身を表しているように思えてきた。

「母上……」

七十郎は思わず呟いた。

白髪頭の母の姿が脳裏を過ぎった。

――母上……お許し下さい。

七十郎の目に涙が溢れ出た。

馬鹿な息子を育てた母が哀れだった。俺の涙は母に詫びている涙なのだと、七十郎は心の中で叫んでいた。

「昨夜のことです。おかねという娘が殺されました」

吉蔵は大きな目で、伊織と弦之助を見た。

「そうだね、長吉の親分」

そして、長吉に念を押した。

「へい」

「どこで殺された……鉄砲でやられたのか」

弦之助が畳みかける。

「鉄砲です。おかねは鉄砲で撃たれて大川に浮いていたそうです。死体が見つかったのは今朝のことですが、吉原帰りの猪牙舟の船頭が見つけたようです。鉄砲で撃たれたというのは、番屋に運ばれて調べてわかったことですが……」

吉蔵は険しい表情で言い、

「長吉さん、お二人に少し詳しく説明してあげて下さい」

長吉に振った。

「わかりました。あっしが今朝、昔の岡っ引仲間から聞いたところでは、おかねは昨夜六ツ過ぎに、ちょっと出てくると言って家を出ています。ところがそのちょっとが、五ツになっても四ツになっても戻って来ねえ。それで両親は娘から話に聞いていた、近頃しつこくつきまとっていた柏木という西山藩の武士がいると奉行所に訴えたらしいのですが、奉行所もそんなことでおいそれとは動けねえ。朝になれば帰って来るんじゃねえかと待っていたところに、死体があがったという知らせが来たという訳なんです」

「ちょっと出てくると言ったおかねが大川に浮いていたのか……しかし随分離れているじゃないか。おかねの家は船河原町だろ」

弦之助は伊織をちらりと見て言った。

「舟だな……」

伊織が言った。

「舟……」

「そうだ。おかねを呼び出した者は、船河原町の河岸から舟で大川に出た。そして頃合を見て、夜の闇の中で、鉄砲で撃ち殺したのだ」

「ちょっと待った。鉄砲の音は……大川の岸なんぞで発砲すれば、誰かが気づく筈だ」

「花火だな……花火の音を利用して発砲したのだ。それで鉄砲の音を消したのだ」

伊織がちらと長吉に視線を流すと、

「あっしの考えも同じです。舟を使えば一足飛びに大川まで行けますし、昨夜はいい天気でした。大川では金の使い道に困っている商人が、どんちゃか花火を上げていたらしいですからね」

「すると、おかねを殺ったのは柏木ということか……まあ、俺が調べたところでは、柏木は町の金貸しに五十両近い借金があったからな。そうまでして貢いだ女の心が変わった。だから鉄砲を持ち出して撃ち殺した……」

　そういうことなのかと弦之助は呟いて、

「馬鹿な男……」

　苦虫を噛み潰した。

「しかしなぜ、鉄砲でないといけないんですかね。女一人殺すのは刀で十分、いえ、腕力で殺せます。伊織様も土屋様もいかがです？　女一人殺すために鉄砲を使いますかね……」

　吉蔵が言った。吉蔵は一同を見渡すと、

「普通の男なら、無抵抗の無腰の、それも女に鉄砲を撃ち、刀を振り下ろすのは恥ずかしいと思うのではありませんか。それと、殺しに使った鉄砲ですが、西山藩から持ち出した物だという確たるものは今のところ何もありません。そんな風に、殺しと鉄砲を結びつけて考えるのは、この一連の事件を知った者の早合点、そうは思われませんか」

「吉蔵、お前はこの殺しの裏に、何かもっと深い訳があるのじゃないかと、そう言いたいのだな」

　伊織が聞いた。

「おっしゃる通りでございますよ。おかねは死にましたから、もう何も聞き出すことは叶わなくなりましたが、おかねの周辺を調べれば、何か他の理由が見えてくるかもしれません」

「うむ……」

「長吉さんが昨日追っかけていったお武家もその一人かと……おかねと会っていた不忍池の男です」

「そのことですが、なんと旗本三百石の前島定之助というお方の屋敷に入っていったんでございますよ」

「何……旗本で、前島定之助……」

伊織は、不忍池で見た二人の様子を思い出している。

おかねはあの時、柏木と別れたから次の男とつき合っているような口振りだったが、伊織が二人を見た限りでは、つき合い始めてまもない他人行儀など微塵もないなれなれしい素振りだった。

それよりもむしろ、相手を知り尽くしたあとの弛緩した雰囲気が二人を包んでいた。

要するに二人は、おかねが柏木を袖にしてから初めて通じ合った、出来立ての仲ではないことは確かだった。

そのおかねが、西山藩から持ち出された鉄砲で殺されたとなると、藩も無傷という訳にはいかぬ。

密かに、鉄砲がもとに戻されることを願っていたが、その鉄砲で人が襲われたとなると、下手人が誰であれ、凶器となった鉄砲の持ち主の責任が問われるのは必定。藩は藩士の不祥事だと言い立てて、逃れきれるものではないのである。

——吉蔵が言う通り、今度の事件には得体のしれない何かがある。

「親父さん、出かけてくる」

伊織は刀をつかんで立ち上がった。

「よし、俺も一緒に行こう」

弦之助も刀をつかんで膝を起こした。

「弦之助、おぬしには前島という旗本の屋敷を張ってもらいたい。おかねが殺されたことはもう知れている筈だ……どう出て来るか」

伊織の言葉に、弦之助は刀のこじりを畳に突っ立てると、大きく頷いてみせた。

五

「西山藩に恨みをもっている御仁はいないか……そういうことですね。はて……そういわれてみましても」

狭山五郎蔵は、伊織の言葉に首を傾げた。

その顔に青葉の影が揺らいでいる。

西山藩の上屋敷がある麻布あたりは町地は少ない。武家地を田畑が囲んでいるような有様だから、伊織は狭山を近くの小さな神社に誘った。

祠（ほこら）の見える境内の石の上に腰掛けているのだが、風が起きるたびに祠の周りの青葉の枝がゆれ、それが二人の顔や体に模様となって表れた。

伊織が先ほど西山藩を訪ねた時、狭山は配下の者たちと柏木の探索に出かけるところだった。十人ほどを引き連れて、外に走り出てきたところへ、ばったり行き合わせたのであった。

狭山は伊織の顔を見るなり、指揮を配下の一人に任せて、伊織に同道してこの神社について来た。

藩邸からは緊迫したものが窺えたし、あれからあちらこちら探索してまわっているようで、狭山の表情には憔悴の色が浮かんでいる。

柏木七十郎が妻にと思いをかけていた女に袖にされたことや、その女が昨夜鉄砲で撃たれて死んだことなど、伊織はまず石の上に座るなり狭山に伝えたが、狭山はじっと考えた後、

「あの純情な男が心底尽くした女に袖にされて、殺したいほど憎く思うのは私にはよくわかります。ずっと顔のあばたを気にしていましたからね。しかしだからと言って柏木は、女を鉄砲で撃つようなことはしないと思います。国にいる母のことを思い出せば出来ない筈です。そういえば、その母御から手紙が参っておりまして、私がこの懐に預かっております。この手紙を預かってきた者の話では、母御は目の具合が悪く足元がおぼつかなかったとか……柏木に会って、この手紙を渡してやることが出来ればと、そのような結末であってほしいものだと願っているのです」

狭山は柏木のことを、そう言ったのである。思慮深く懐の深い男だと、伊織は思った。

その狭山に、鉄砲の一件は誰かが西山藩を困らせるために、柏木を利用して仕

組んだものだったのではないかと言い、西山藩に怨恨を持つ者はいないのか、そんな噂を聞いたことはないかなど、伊織は聞いてみた。

狭山は無言で揺れる小枝の一つを眺めながら伊織の話を聞いていたが、俄(にわか)に何かを思い出したのか、顔をこわ張らせて、

「秋月殿……」

伊織を見た。

「何か思い出されたようでござるな」

「これは、我ら御筒役などは後で上役から聞いた話ですが、一年も前のことです。大川の、両国の川開きの日のことでござった。秋月殿もご存じの通り、毎年その日は川に無数の舟が繰り出しますが、当家の奥方様も奥の女中たちを引き連れて、川開きを見物に参られました。屋形船を出しましての見物でした。供の者は奥近くに仕える者たちだけという極力少ない供まわりで参ったようなのですが、大川の上でこぜりあいになったそうです」

「…………」

「当日川の中は、武家や商人が出す屋形船や屋根船ばかりではなく、猪牙舟をはじめ、さまざまな見物舟、商い舟が出ますから、船頭がちょっと舵取りを誤れば、

隣の舟と接触することにもなります。特に花火が始まりますと、人々の関心は天にむけられておりますから、船頭ですら手元は疎かになることがあるのです……奥方様が乗った船と隣の船が接触したのは、まさにそれでした。ちょうど橋の下でたゆたっておりましたから、場所を移して花火の見やすい場所へ移動しようとしたところだったようです」

船は大きく揺れて、奥の女中たちは悲鳴を上げた。

同じ様に、賑々しく赤い提灯を下げ連ねた隣の船も、移動しようとしたところを接触して大きく揺れた。

その船からは、先ほどから三味線や太鼓が聞こえていたところをみると、芸者たちが多数同席しているようだった。

いずれの船の座敷にも、華やかな衣装を纏った女たちが妍を競うように宴を張っていたのであった。

芸者たちが乗った船から、武家数人が外に顔を突き出した。

そしてこちらの船に乗り合わせているのが女たちばかりと見ると、武家の一人が声を荒らげて言ったのである。

「お控え下され。こちらの船が先でござる」

これを聞いた西山藩の奥女中の取締役である藤波（ふじなみ）が、ゆったりと裾（すそ）を捌（さば）いて窓際に寄ると、相手の武家を厳しい口調で牽制（けんせい）した。

「無礼な。われらは西山藩の奥方様をご案内申し上げての見物じゃ。そちらこそお下がりなされ」

この言葉に、相手の武家が怒った。

「何を女だてらに……この船は、神君家康公の時代よりその御身近くに仕える御旗本前島定之助様の船、小大名の女連れが、われらより先に参りたいなどと身の程もしらぬ者たちよ」

「ほほほほ……」

奥女中藤波は、扇子で口元を押さえながら声高く笑った。

そして、ぴしゃりと言ったのである。

「なにも知らぬようでございますから申しましょう。われらが殿は三万石とは申しましても、徳川家の御連枝様でございます。定府の殿様でございますよ。一介の御旗本ごときが、何を世迷い言（よまよいごと）を申されるのか、お黙りなさい。黙って道を開けなされ！」

御連枝と聞いて前島家の者たちも度肝を抜かれた形になった。

大勢の見物人が冷ややかに見守る中、前島家の船は、西山藩の船に先を譲って、臍を噛んで見送ったのであった。

「狭山殿……相手の船の主ですが、旗本前島定之助というのは真ですか」

「はい、そのように聞いております」

「………」

「後でわかったことなのですが、前島家からは、上様の御側室のどなたかのお側に、御右筆としてあがっておられる方がおいでだとか、今に上様のお手がつくに違いないなどとえらい鼻息だとか……」

「前島定之助……」

伊織は険しい顔をして立ち上がった。

「伊織……」

伊織が前島定之助の屋敷前に走ると、待っていたかのように弦之助が袖を引いた。

その向こう、門前を今素通りする一人の武士を、弦之助は目顔で差した。

「うろんな奴が、何度も行ったり来たりしているのだ」

「何……」

と見た伊織が思わず呟いた。

「柏木……柏木七十郎……」

伊織は飛び出して柏木七十郎を呼び止めた。

「あなたは、亀戸の梅屋敷で会った秋月殿……」

きょとんとしている七十郎に、伊織は矢継ぎ早に問いただした。

「おぬしはここで何をしているのだ。持ち出した鉄砲はどこにあるのだ」

「何者です、秋月殿は。どうして鉄砲のことを知っているのですか」

「いいから来てくれ。弦之助、後の見張りを頼んだぞ」

伊織は七十郎の襟首をつかむようにして、近くの空き地に連れ込んだ。

「時間がないことはわかっている筈だ。俺は鉄砲店の近江屋庄兵衛やおぬしの上役狭山殿からも頼まれてここに来た。そのいきさつについては後で話すが、率直に聞く、鉄砲はどこにやったのだ」

「秋月殿……」

「話せ」

「すまぬ、申し訳ない」

七十郎はがばと地に手をつくと、

「鉄砲は……鉄砲は、前島様に一日拝見の約束で貸したのです」

消え入りそうに言った。

「貸した……それで」

「返して貰おうと訪ねましたが、知らぬ存ぜぬと門前払い……それで、なんとしてでも取り返さねばと、こうして屋敷の前を」

「馬鹿なことを……おぬしは乗せられたのではないか」

「金が欲しかったのです、女に金を無心されて、その金の工面にいきづまって……」

「いいか、俺が思うに、おぬしは最初から狙われていたのだ。鉄砲を持ち出させるためにな」

「まさか……」

「おかねがおぬしに近づいたのも、その目論見(もくろみ)ではなかったのか」

「秋月殿……」

「おぬしは知っていたか……おかねは前島の女だったことを」

「嘘だ」

「嘘じゃない。俺がこの目で確かめているぞ」

「…………」

「おぬしは、おかねが前島に心を移したと知って、それで鉄砲でおかねを殺したのじゃないかと疑われているのだ」

「おかねが殺された」

七十郎の総身から、力が抜けていくのが見えた。

「知らなかったのか」

「知らぬ……知らぬどころか、俺は鉄砲など持ってはいない。鉄砲を取り戻したら、それを藩に戻してその後で……」

「おかねを殺して、切腹でもするつもりだったのか」

「秋月殿……」

七十郎は、緊張の糸を突然切られて、泣き伏した。

「いいか、心静かに聞いてくれ」

伊織は七十郎の側に腰を落とすと、揺れているその肩に、今までのいきさつを話して聞かせた。

七十郎も顔を上げると、おかねとの出会いから鉄砲を持ち出すまでのいきさつを、伊織に順を追って話したのであった。

「伊織の旦那……よろしゅうございますか」

長吉が静かに入って来た。ちらりと柏木に視線を投げると、

「悪いことは出来ねえもんでございますよ。おかね殺しを見ていたという者がおりやして……」

「何……」

「葛西の百姓で半蔵という男ですが……」

長吉が後ろを振り返って手招くと、男が小走りに近づいて来て頭を下げた。三十半ばの浅黒い男だった。

「この者は、朝のうちは野菜を小料理屋におさめ、その代金で饅頭や鮨などを仕入れ、夕刻近くになると船遊びの客にそれを売っているという働き者なんですがね。実は女房の店にも野菜をおさめてくれておりやして、それであっしに知らせてくれたのですが……」

「そうか。で、おかね殺しをどこで見たのだ」

「平右衛門町の東、大川端にある河岸地です。川開きの時にはあそこにも人々が押し寄せますが、近頃は夜になれば暗闇ですから人の影はありやせん。あっし

はあそこの空き地にある小屋で時折休息しては商いに出ているのですが、昨夜も、小屋で花火の上がるのを見ながら一杯やってから帰ろうかと舟を岸につけましたら、見慣れねえ者たちが小屋に入って行くのを見たんでございやす。岸には舟がつけてありやした」

半蔵は恐ろしげな顔をして、伊織を見た。

「思い出すのも恐ろしいのですが、あっしがそろりそろりと小屋に近づきますと、小屋の中には手ぬぐいでさるぐつわされた女が引き据えられておりまして、三人の武家に囲まれておりやした……一人の武家は覆面をしていたのですが、その武家が『やれ』というように合図をすると、なんと、鉄砲を女の胸に当てたのです」

「………」

「そして、花火が続けて上がるのを待って、女の胸をぶち抜きました……お、女は、声も出さずに倒れました」

半蔵は両耳を抱えるようにして言った。

「伊織様、その覆面をした武家ですが、女が死んだのを確かめてから頭巾を取ってこう言ったというのです。これで前島家の恨みが晴らせるぞ。西山藩が慌てる様を、この目でしかと見てやろうと……」

「その、覆面を取った武家の顔は、白くて、目のつり上がった……ぞっとするように冷てえ顔をした男でした」

半蔵は、ぶるっと身震いして見せた。

「間違いない。私が屋敷で鉄砲を渡したのも、その男だ」

七十郎は両手で拳をつくって立ち上がった。

「待て、どうしようというのだ」

「この上は、あ奴と差し違える」

「馬鹿な……おぬしには手に余る。しばし待て」

伊織は七十郎を制すると、

「俺に考えがある」

そう言って、前方をきっと見た。

六

花火は暮六ツ頃から、舟からも陸からも、ひっきりなしに打ち上げられる。

それも一様ではなく、弾(はじ)けるたびに、その華やかな眩(まぶ)しさといったらない。音を立てて変幻に散る光は、輝くたびに、大川べりの河岸地に立っている伊織たちの姿を不思議議絵のように映し出した。

「俺が鉄砲で人殺しをしたのを見たというのはお前か」

河岸地に入って来た武家はそう言うと、懐から一枚の書状をつかみ出すと、伊織の方に突き出した。

「こんな物で呼び出しおって、何のつもりだ」

光に映し出された男の顔は、紛れもなく、あの不忍池の弁天島でおかねと出合い茶屋から出て来た武家、前島定之助だった。

「いかにも俺だが……」

着流しの裾を風に委(ゆだ)ねながら、泰然として伊織が答える。

だがその眼は、前島の後ろに立っている配下の人影にも、油断なく視線を走らせていた。

前島は、せせらわらうと、

「見てきたような嘘を並べて、貴様、ただではすまんぞ。しかも俺が西山藩の小侍を騙して秘蔵の鉄砲を盗(と)ったなどと……確かな証拠でもあるというのか。出してみろ、話はそれからだ」

「悪あがきはやめろ。おぬしが弁天島でおかねと会っていたのは、この俺自身が見ているのだ。おかねを張っていたからな」

「何……」

前島の顔が、光の中に青く見えた。

「おぬしには西山藩に私恨があった。去年の川開きのことだ。俺が説明するまでもあるまい。そこでかねてからいい仲だったおかねに言い含め、柏木七十郎に接近させ、翻弄（ほんろう）したあげくに、金に困った柏木に近づいて鉄砲を持ち出させたのだ。そうしておいて、何かと知り過ぎたおかねを鉄砲で撃ち殺した。俺の考えでは、おかねを撃った鉄砲は、おそらく西山藩秘蔵の物、理由はどうあれ、水戸家から譲り受けた鉄砲で、しかも御府内で発砲して殺傷したとなれば、西山藩はお咎めを受けるのは必定……そう読んだのだ。しかし気の毒だが罰を受けるのはおぬしのようだな」

「貴様……どこの誰かは知らぬが、俺がどこかの藩の鉄砲などというものを知る訳がない」

その時である。黒い影が躍り出た。

「嘘をつくな。この俺を、まさか忘れたとは言わせぬぞ」

空に炸裂(さくれつ)した花火の光が、男の顔を浮かび上がらせた。

「お前は……」

「柏木七十郎……お前に騙された馬鹿な男だ」

前島は声を殺して笑っていたが、やがてその笑いをぴたりと止めると、つかんでいた書状をぱっと放した。

書状は地上に落ち、這(は)うようにして風に飛ばされて行く。

だがその書状を、闇に待機していた土屋弦之助が拾い上げて、現れた。

花火の余光が、飄然(ひょうぜん)と歩み寄る弦之助を映し、息を呑んで睨み据えている七十郎を映し、泰然と立っている伊織を朱(あけ)の色で染めた。

刹那(せつな)、前島は刀を抜いた。

後ろに控えていた前島の家来たちも、前島の両脇を固めるように刀を抜いた。

「かまわぬ。斬れ」

前島が叫ぶと、配下の一人が伊織めがけて走って来た。

すばやく弦之助が伊織の前に出て叫んだ。

「雑魚(ざこ)は俺たちでやる」

激しく撃ち合う音がして、二人は左右に飛んだ。

「うむ……」

伊織も静かに刀を抜いた。

その目の端に、七十郎がもう一人の配下の一撃を受け、かろうじて受け止めたのが見えた。

「大事ない。柏木は俺が守る」

弦之助の声が飛んで来た。

伊織は前島を睨んで、正眼に構えて立った。

前島は下段に構えて隙を窺っているようだった。

伊織はずいと出た。

その時である、下段の剣を振り上げたと思ったら、前島はすべるように近づいて来て飛び上がった。

光を描いて落ちてきたその斬撃を、伊織が撃ち払った時、前島はすでに後ろに飛んでいた。

――手強い。

と思ったとき、第二の閃光が飛んで来た。

今度は伊織は、こちらから踏み込んだ。剣を合わせると強い力で撥ね返した。

前島は体勢を整えると、右八双に構えて立った。

「うむ……」

伊織は右片手に刀を持って上段に構えると、そのままじわりじわりと間合いを詰めた。

「くそっ」

前島が伊織の右肩に飛び込んで来た。すばやく体を起こした伊織の剣は、前島の剣を撥ね返すと、二度三度と激しく打ち据え、前島の足元が揺らいだのを見て、振り上げたその手元を狙って一撃した。

「うっ……」

前島がのけ反った時、その喉元には、伊織の刀の切っ先がぴたりと当てられていた。

「動けば刺す。刀を放せ」

伊織が押し殺した声で言った。

前島の刀が音を立てて落ちた時、伊織は前島の足を払って体を落とし、その腕を後ろ手にねじ上げていた。

「殺しても飽き足らぬ奴。いまごろおぬしの屋敷には、目付配下の者たちが向かっているぞ」

前島は驚愕した顔で伊織を見上げた。

伊織は弦之助たちのほうに首を回した。

「おとなしくしろ」

弦之助と七十郎が、前島の配下たちを後ろ手に縛っているのが見えた。

「伊織、いるか……」

廊下を激しく踏み締める音が聞こえて来た。

伊織は急いで庭に降りようとしたが、間に合わなかった。

裃（かみしも）姿の兄、秋月隼人正忠朗の姿が、向こうの廊下の角をまがって、伊織が起居する部屋の廊下まで渡って来ていた。

「これは兄上、おはようございます」

「何がおはようだ。朝飯にも顔を出さずに……とにかく入れ」

忠朗は伊織を部屋に戻すと、

「座れ」

伊織が座るより先に命じた。

「わしは忙しい。これから登城せねばならぬ。お前とも一度じっくりと話をせねばならんのだが、話は手短にするぞ。昨夜何をしたのだ」

険しい顔で見据えて来た。

兄は目付である。

定員は十名だが、忠朗は今年上席の本番目付を拝命していた。

目付は評定所の審議に加わり、あらゆる書類の検閲をし、土木、兵事、国防その他、幕政一切の監視をする。京大坂、遠くは長崎までも出張し、あるいは御府内の学問所や普請場を臨検することもある。

殿中にあっては諸役の勤怠を見回り、必要があれば老中や将軍にも意見を具申した。

小刀のこじりが襖(ふすま)に触れたというだけで、下城停止を命じるほどの権限を持っていたし、城内で不測の事態が生じれば、月番老中の登城にまで采配をふるっていたから、その権限は計り知れない。

上は老中からお目見えの旗本まで、その監視糾弾を担っていたから、自身に対しても異常なほどの厳しさがあり、質素倹約を旨として、誰からも模範とされる実直な生活を送っていた。

今年四十の働き盛り、伊織とは年の離れた兄弟だが、そんな兄から弟を見れば、なにもかもがなんとも歯がゆいらしいのである。

滅多に顔を合わせることもないのだが、こうして兄の方から伊織の部屋に足を運んで来る時は、決まって伊織に説教苦言を言うためだった。

伊織は覚悟をして兄の顔を見た。

忠朗が今朝やって来た訳は、昨夜、伊織が長吉に手紙を持たせ、旗本前島定之助の屋敷を臨検するよう城に詰めていた目付に届けを出した、そのことを気にしてのことと思われる。前島の屋敷は直ちに調べられ、水戸家の御紋の入った鉄砲は押収されたと聞いている。

「何をしたのかと聞いておる」

忠朗は厳しい声で、もう一度聞いた。

まるで子供扱いである。伊織はそれが気に食わぬ。

「何かいけないことをしたのでしょうか」

少々挑戦的な物言いになった。

兄の手腕には尊敬やぶさかではないが、今度のことのように、目付の目が届かない非道な旗本がいることをどう心得ているのかという反発が伊織にはあった。

忠朗は鋭い目を向けて言った。

「いつも言うことだが、お前はわしの弟だということを忘れているのではあるまいな」

「いえ……」

「だったらつつしめ。剣術を更に究めるのもよし、他にもやりたいことはあるだろう。養子に行きたければ希望を述べてみろ」

「有り難いお言葉ではございますが、今のところは私の好きなようにさせて頂きます」

「何……」

「それより兄上、言わずもがなではございますが、昨夜の一件、よろしく御裁断下さいませ」

「お前は、このわしに指図するか」

「まさか……私は兄上のお力をお借りしたいと申しているのです。小さな藩の、僅(わず)かな禄を食(は)む男を騙し、人殺しまでした旗本への御裁断を、浅葱裏(あさぎうら)と馬鹿にされる田舎侍の心情を慮(おもんぱか)って下して頂きたいのです」

「ふん。一人前の口をきくようになったものよの」

　忠朗は苦笑した。

「兄上、昨夜のことで申し上げるとしたら、そういうことです。では私はこれにて……」

　伊織は立った。

「待て、まだ話は終わってはおらぬ」

　苛立(いらだ)ちを含んだ忠朗の声が飛んできた。

　その時であった。

「あらあらまあ、ご兄弟で何の密談かと思ったら……殿、もうよろしいではございませんか。伊織殿は伊織殿で、あなた様のお役に立とうと……ねえ、伊織殿、そうでございましょ」

　嫂(あによめ)の華江が、着物の裾を引いて廊下にすいと立つと、やんわりと助け舟を出した。

「はあ、まあそういうことで」

　華江にあっては、伊織は頭を掻くしかないのである。

「ほらごらんなさいませ。さあさ、お出かけ遊ばせ」

華江は伊織の背をぽんと押す。そしてその顔を忠朗にもどすと、

「あなたもお急ぎ下さいませ。もうお時間がございません」

渋い顔をして座っている忠朗に言った。

伊織は後ろも見ずに屋敷を走り出て、昌平橋を渡り、御成道に出て、だるま屋に向かった。

吉蔵は既に素麺箱の上で書き物を始めていた。

「これは伊織様、昨夜はごくろう様でございました。また一つ後世に残す日記が増えました」

「書くのか、こたびの一件」

「勿論でございます。おや、何をそんなに恐ろしい顔をなさっておられるのでございますかな」

「吉蔵、柏木のあの哀しみを、どう書くのだ」

「日記は日記でございますから、私の心の赴くままに記したいと存じます」

「吉蔵……」

伊織は、吉蔵が書きかけていた日記を取り上げた。

黄半紙に黒々と踊る筆の跡を追う伊織だったが、その表情が次第に緩み、吉蔵

を見た。

　吉蔵は頷いて、

「今朝早くに、西山藩の狭山様というお人が参りまして、柏木様の処分は、この江戸を即刻追放、お国にてご謹慎ということでした。まあ、鉄砲も返ってきたことでございますから……」

「それは良かった。で、いつ発(た)つと言っていたのだ」

「もうお発ちになったのではないでしょうか。狭山様のお話によれば、柏木様はおふくろさまの便りを読んで泣いていたそうでございます。その日記にも書いてございますが、柏木様は江戸にご出立の折に、庭に蜜柑(みかん)の苗木を植えてこられたのだそうです。その蜜柑の木に実がなる頃には国に戻って来るとおふくろさまに約束していたようでございます。ところが一年が二年になり、二年が三年になり、定府の勤めになってしまって、蜜柑の苗木のことはすっかり忘れていたようです。それが、この度のお手紙ではその蜜柑に花が咲いたと書いてあったそうです。芳しい香りが漂ってくると……。狭山様のお話では、柏木様のおふくろさまは歳(とし)のせいで目がよく見えなくなっているそうなのですが、そんなおふくろさまが蜜柑だけは枯らしてはならないと、手探りで水遣りをしてきたんじゃないかと、そう申されておりました」

「ふむ……」

「おふくろさまにとって蜜柑の木は、柏木様そのものだったのでございましょうな」

「うむ」

「おっと忘れておりました。柏木様が伊織様にはくれぐれもよしなにと、そう伝えてほしいと申されていたようです。あなた様には身も心も救っていただいたと……」

吉蔵は、南の空を仰いで言った。

伊織も振り仰ぐ。

そこには青く澄んだ空が、どこまでも続いていた。

「遠花火」(『遠花火　見届け人秋月伊織事件帖』第一話)

永代橋

一

「風さやか〜いかに渡らん百十間の〜川に架かれる永代橋は〜東都一の大橋なり〜〜橋の上より見渡せば〜富士、筑波、箱根、安房、上総の果てまで見ゆるなり〜〜」

毎年八月十九日になると、永代橋の西袂に老婆が一人どこからともなくやって来て、鈴を手に鳴らしながら語り部となる。白い帷子に白い帯、白髪を振り乱した婆が語るのは、十年前に起きた永代橋崩落の惨事の様子、聞くも涙、語るも涙の話である。

婆の名は分からないし、婆がここに姿を見せるのもこの日だけ。何者なのか、どんな暮らしをしているのか、誰も何も知らない。

ただ婆の語りがあまりに生々しく、立ち止まって聞き耳を立てずにはいられないのだ。行き交う人も、また橋の崩落で親しい人を亡くした人も、この婆の廻りに、あっという間に人垣を作る。

「文化四年〜〜八月の十九日〜〜深川八幡祭礼の日〜〜貴人のお船通るとて〜〜

橋の両端に縄引きて人留める〜〜珍しき祭礼ゆえに大勢の人いでにけり〜〜縄は幾百人を留めたり〜〜待ちうけること半刻あまり、ようやく縄とれ、人々一斉に橋駆け渡る。と、まもなく、橋の真ん中より十間ばかり深川寄りで凄まじい大勢の声聞こえたり〜〜なんとなんと、橋三間ばかりがめりめりめりと、恐ろしき音たてて落ちるなり〜〜人々は千石通しへ落ちる米粒のごとし〜〜崩れ落ちた橋の両端から人々将棋倒しのごとく重なりて落ちて行く〜〜人の上にまた人重なり〜〜次々と水の中に消えていく。この世の地獄、生き地獄〜〜見るもおぞまし痛ましや〜〜人の叫びの断末魔〜〜その声に皆耳がつぶれる心地なり〜〜」

婆は声色を替え、緩急をつけ、表情を巧みに変えて語り続ける。毎年語りの中身は多少違うが、前代未聞の事故が起きた当時の状況は、婆の声とともに臨場感あふれるひとときである。

やがて集まった人たちの間からすすり泣きが聞こえてくる。

聞くのも辛い恐ろしい語りであっても、永代橋の崩落事故は、まだまだ人々の関心が高く、足を止めずにはいられない。まして親しい者を橋の崩落で亡くした人は、婆の話の一言一句が胸に迫り、哀しみに囚われるが、その足は婆の側に釘付けになる。

婆の話を最後まで聞き取るのが、亡き人たちへの供養、そんな思いがあるのかもしれない。

「……」

人垣の最前列で腰を落とし、婆の話に聞きいっているおきわもまた、胸が塞がる思いをしながら、婆の話から逃れられないひとりである。

なぜなら、このおきわも十年前、日本橋にある小間物問屋『丸田屋』の女房として二人の子を連れ、八幡宮の祭りを見物するために、この永代橋で縄の取れるのを待っていた。

なにしろこの日の祭礼は、江戸市民にとっては待ちかねたものだった。十二年前に喧嘩が原因で中止となり、ようやくお上のお許しが出た祭りだったのだ。

富岡八幡宮の八幡祭りには、各町内からねり物、山車など、賑々しく繰り出して来る。復活が決まったこの年の七月には、それらの番付表も売り出され、人々の関心は極致に達していた。

しかも七月十九日からは身延山の七面明神の出開帳が行われていて、人出に拍車をかけていた。

ところが本祭の十五日は雨で順延、その後も雨は止まず、四日遅れの十九日になって、ようやく開催となったのだった。さらに間の悪いことに、一ツ橋様が祭りをご覧になるために船で下屋敷に入ることになり、橋はその間通行止めとなっていたのだ。

おきわはこの日、五歳の嫡男彦太郎の手を引き、三つ年上の先妻の娘おいとを連れていた。

「いいかい、おっかさんと離れてはだめですよ」

足止めの縄が取れるのを待っている間に何度も二人に言い聞かせていたにもかかわらず、おいとは縄が取れると群衆を掻き分けるようにして、先を争って橋を渡って行ったのだ。

「待ちなさい、おいと！」

おきわが呼んでも、おいとは後ろを振り向きもしなかった。おいとはこの頃反抗的で、特におきわには素直な態度をとることはなく、継母として悩み多い日々を送っていた。

――まったく……。

おきわはため息をついて、倅彦太郎の腕をぐいと摑み、おいとの後を追いかけた。ところが、橋半ばを過ぎたところで人々の絶叫を聞く。はっとして前方を見ると、まるで吸い込まれて行くように人々が消えていくではないか。

――何事か……。

恐慌をきたしたおきわだったが、

「橋が落ちたぞーー！」

誰彼の叫びに、人々は消えて行ったのではなく、橋から落ちて行ったのだと気づき、おいとを探して折れた橋の近くに駆け寄った。

「おいと！」

だが、

「来てはならぬ！　皆、引き返せ！　引き返せ！」

一人の同心が股を広げ刀を抜き放って振り回し、押し寄せて来る群衆を必死の形相で威嚇する。

――近づけば斬る――

同心の血走った眼は、そう言っていた。

「わーっ」

群衆は同心の殺気に怖気づいて橋の袂に引き返し始めた。

それでもおきわは、橋の折れた場所まで近寄ろうとしたのだが、

「何をしておるのか、引き返せ！」

同心は、かっと目を見開き、斬りかからんばかりに怒鳴った。驚いた彦太郎が泣きじゃくる。

おきわはとうとう、引き返す群衆にもみくちゃにされながら、橋の袂まで押し戻された。

橋から落下した人たちが、次々と遺体となって舟で引き上げられる。そして、武士か町人か、絹物を着ている者か、木綿を着ている者か、それに大人か子供かなど、遺族が遺体を探しやすいように分けて寺や神社に寝かされた。

その数何百人、いや、千人とも二千人ともうわさが飛び、おきわは報せを聞いて飛んで来た亭主の忠兵衛とともに、おいとを探して遺体置き場をまわってみたが、おいとの姿は見つからなかった。

川の底に沈んだ者、また海に流された者も多数いると言われていて、遺体が上がらない者は諦めるほかなかったのだ。

忠兵衛の悲しみは尋常ではなかった。気がふれたのではないかと思う程慟哭し、ふさぎ込んで口もきかない。むろん店には出ていたが、腑抜け同様で番頭の助けが必要だった。

――無理もない……。

おきわは思った。

なにしろ先妻が肺を病んで亡くなった時の忠兵衛の落胆ぶりを、当時丸田屋の女中として主一家の世話係をしていたおきわは、目の当たりにしている。

忠兵衛は、母を亡くしたおいとを不憫がり、おいとが願うならなんでも与えてやるというほどの溺愛ぶりだったのだ。

おきわが後妻となったのも、おきわなら、おいとが懐きやすいと忠兵衛が真っ先に考えての事だった。

とはいえ、おきわが彦太郎を産んだことで、姑も亭主も、ようやく丸田屋の内儀だと認めてくれるところまできていたというのに、おいとの死で、家の中の空気は一変してしまった。

やがて忠兵衛は、夜になると出かけて行くようになった。帰って来るのは朝方で、極力おきわと顔を合わすのを避けるふうだった。

息苦しい暮らしが半年ほども続いたのちに、おきわは姑のおまさから、こう言われた。

「おいとは自分の腹を痛めた子じゃないから、おまえはおいとが居なくなってほっとしているんじゃないのかね」

お前がおいとを殺したんだと言わんばかりの言い草だった。

おきわはいたたまれなくなって、姑に離縁してくれるように頼んだ。姑はその言葉を待っていたかのように頷いたのだった。

ただ、彦太郎はこの家の跡継ぎとして置いていくように、それが彦太郎の為だと言われたおきわは、悩んだ末に、彦太郎が遊びに出た隙に一人で家を出たのであった。

――丸田屋に居れば彦太郎はお金で苦労することはない。

着る物食べる物、趣味のたしなみも勉学も思いのままだ。自分一人の身過ぎ世過ぎも当てのないおきわが道連れにすれば、彦太郎はその全てを失う。

ところが、店を後にしてからどれほど歩いた頃だったか、ふっと背後に気配を感じて振り返ると、彦太郎が必死でついてきているではないか。子供ながらに予感するものがあったのかもしれない。

「彦太郎……」

驚いて見迎えたおきわのところに彦太郎は走って来て、おきわの胸に飛び込んだ。

「おっかさん、行っちゃいやだ、嫌だよお……」

　彦太郎は泣きじゃくる。

「彦太郎……」

　おきわは彦太郎を胸から剝がすと、言い聞かせた。

「おっかさんは今日かぎり丸田屋の人間じゃなくなったんですよ。だからもう丸田屋には帰れないの」

「だったらおいらも一緒に行く」

「駄目駄目、おっかさんと一緒じゃあ苦労をするから、お前はお帰り……」

「いやだいやだ、おいらはなんにも欲しがらないよ、約束する。おもちゃもいらない。お菓子もいらない。何にもいらない。だから連れて行ってよ、おっかさん……」

「彦太郎……」

　おきわは彦太郎を抱きしめた。

　まだ六歳の倅に、こんな事を言わせる馬鹿な親がいるものかと、おきわは後悔にさいなまれながら彦太郎を抱きしめた。

　すぐにおきわは、丸田屋に彦太郎を連れて出る旨書状を送った。

あれから十年。

おきわは毎年ここにやって来ている。ここに来れば、あの恐ろしい光景がまざまざと蘇るが、目を逸らせてはいけないと思っている。おいとの死は、橋の崩落という突発的な事故ではあったが、連れていたおきわの親としての責任は、やはりあったと思うのだ。

永代橋は、崩落した翌年には架け替えられて、再び優美な姿を見せて人々の目を惹いている。しかしおきわにとっては、この橋は苦しい思い出の場所であり、一夜にして人生を変えた場所でもあった。

語りが一服したところで、おきわは財布から一朱を出して婆さんの膝にのせて手を合わせた。

ここに集う者の多くが、心ばかりの謝礼を婆さんの膝の上に置く。婆さんが自分の哀しみ苦しみを分かってくれている、そう思うからだ。おきわも語りを聞き始めて三年目に、娘を失ったことを告白している。その時婆さんは、おきわの手を取り、黙って頷いてくれたのだった。

「ありがとうございました」

「おきわさんだったね。今年も来なさったか……」

婆さんが声を掛けてくれた。

「はい」

「もう十分、あんたの気持ちは届いているよ。娘さんはきっと許してくれている筈だ、安心しなされ」

婆さんから慰めの言葉を貰って、おきわは立ち上がって人垣の外に出た。

一介の、語り部の婆の言葉でも、おきわの心はほんのひととき救われた気持ちになるのだった。婆の言葉は、苦しみから逃れられない迷い人の頭を撫で、前を見て生きろと背中を押してくれている。

おきわは、こみ上げて来た熱い物を呑み込んで永代橋に足を掛けた。

ゆっくり歩を進めたおきわは、十年前に崩落した場所で立ち止まった。この場所に来るといまだに足がすくむ。そろりと欄干のそばに立った。橋の上には、この夏の猛暑が嘘のように、涼やかな秋の風が吹き抜けていた。

おきわは、恐る恐る下を覗いた。いつもながら橋の高さに目がくらみそうになる。この高みの間に落ちて行った人の絶叫がこだまするようで、最初の頃は逃げるようにこの場を離れたものだったが、こうして勇気を出して橋の上に止まれるようになったのは、ここ数年のことだ。

おきわは、顔を上げて、川の流れに目を転じた。

川面は穏やかで青い水の上にはきらきらと陽の光が載り、滔々と海に向かって流れて行く。そしてその先には無数の船の帆が行き交って、更に遠くには大きな船が停泊しているのも見えた。

「あの日は……」

この橋の下には溺れる人々を救出するために両岸から船が漕ぎ出し、川面は地獄絵のようだったのだ。

おきわは川面に向かって手を合わせた。溺れ死んだ人たちの冥福を祈り、おいとがまだどこかで生きている事を願った。

頬に川風を感じながらしばらく瞑目し、おきわはその足を深川の方に向けた。

「おきわ……」

おきわは誰かに呼ばれて振り向いた。

「おまえさま……！」

驚いて見たおきわに、十年前に別れた亭主の忠兵衛が近づいて来た。

「元気で暮らしていたのか……」

忠兵衛は、おきわの形をじろりと見ると、

「一人なのか？」

それにしては小奇麗な物を身に着けているではないか、そう言いたいようだった。

おきわは、青梅縞を青鈍に染め上げた単衣の着物に茶の紬の帯を締めていた。丸田屋で暮らしていた時に作った着物ではむろん無い。離縁して出て来る時に、おきわは丸田屋忠兵衛の妻として作った着物は置いてきている。持って出た着物は、奉公人として働いていた時代のものだ。

だから今身に着けている着物は、離縁の後に働いて手に入れた物だった。落ち着いた青梅縞の涼やかな色は、色の白いおきわには似合っていて、単衣の季節に外出する時には、好んでこの着物をおきわは着ている。

「再縁したんだな」

忠兵衛は念を押すように尋ねた。

「いいえ、一人です」

おきわは、むっとした。決めつけた言い方に腹が立った。

「まあいい、むきになるな。これでも心配してたんだ」

忠兵衛は、弱々しい笑みを見せた。

おきわは、おやと思った。

離縁した頃の忠兵衛は、目の端の片隅にもおきわの姿があるだけでうっとうしいという態度だったからだ。しかし今日の忠兵衛は、その頃の憎々しさも覇気もない、やつれた感じを受けた。

「まさかお前に出会うとはな。あれから十年だ、おいとの供養にと思ってやってきたんだが……」

「ええ、私もあの時、どうして手を離してしまったのか、それがずっと悔やまれて……」

その言葉はおきわの自問だった。十年間、いつもそこに立ち戻る後悔だった。

「そうか……」

と忠兵衛は神妙な顔で頷き、

「どうだ、久しぶりに会ったんだ、少しつき合ってくれないか？　橋を下りた佐賀町にしる粉屋がある」

なんと、おきわを誘ったのだ。

「いえ、私は仕事が待ってますから」

「何、手間はとらせないよ。私はおまえを責めるつもりで誘っているんじゃないんだ。こうして会うのも滅多にないことだ。最初で最後だ」

忠兵衛は言った。おきわはその言葉がひっかかって思わず頷いた。

おきわは忠兵衛に従って永代橋を深川の岸に向かった。だが従ったものの、やっぱり断れば良かったと思い始める。

しかしその一方で、ふと見た忠兵衛の背が以前に比べて随分と痩せているのが気になっていた。迷いながら橋を渡った。

「ほら、あそこだ、何、しる粉一杯だ」

忠兵衛は橋の袂で、そこから見えるしる粉屋の暖簾を指した。

おきわは妙な気分になっていた。夫婦の頃には、しる粉一杯食べに出たことはなかったのだ。それが他人となって十年も経った今、理由はどうあれ、他所の夫婦か恋仲同士のように連れだってしる粉屋に入るのだ。

「あそこが空いてる」

忠兵衛は大通りに面した床几を指した。店は客の十人も座ればいっぱいの小さな店で、おきわは忠兵衛が示した床几に座った。永代橋が見える。

「……」

おきわは目を逸らして店の中を見渡した。若い女の二人連れが、空の椀を前にして楽しそうに話し込んでいる他には客はいない。

おきわは、忠兵衛の言葉を待った。しる粉が運ばれてきたが、手もつけなかった。いや、つける気にはならなかった。

忠兵衛はというと、しる粉を口に運んだものの、おきわが箸もとらずに忠兵衛の話を待っている事に気づいて、

「すまなかった」

箸を置いて忠兵衛は視線を落とした。

「お前を、あんな風に追い詰めて、申し訳なかったと思っている」

「もういいんです。過ぎたことです」

おきわは応えながら平静に言える自分に驚いていた。

「そう言ってもらえると、少し気持ちも楽になる」

「私も親として失格だったかもしれません。そう思いながら暮らしてきました。ですから、毎年永代橋に参って手を合わせているのです」

「そうか、毎年手を合わせてくれていたのか……」

忠兵衛の声には、おきわに対する素直な感謝が表れていた。

「ええ、だって、まだ四百人近くの人たちが行方不明だと聞いています。その人たちは遺体があがった訳ではありません。ひょっとして、おいとさんはどこかで生きているのでは、そんな気がして……」

おいとさん、とおきわは、おいとを呼び捨てにはしなかった。自分の娘として育てていた頃には、絆（きずな）を繋（つな）ぐために呼び捨てにしていた名前も、離縁した今は憚（はばか）られた。

「今、なんと言ったんだ？　おいとが生きているかもしれないと言ったな」

忠兵衛は目を丸くした。顔には赤みが差していた。思ってもみなかった事を告げられた驚きと、一瞬の希望とが入り混じった顔だった。

だがすぐに、忠兵衛の顔は萎（しお）れて行った。

「生きていてくれたらどんなに良いだろうか。だが、もう諦めるしかないんだよ。だって、生きていれば何故（なぜ）家に戻ってこないのだ……そうだろう」

忠兵衛は自分を問い詰めるように言う。

「すみません」

おきわは謝った。あやふやな望みで、忠兵衛の心を乱してしまったと反省したのだ。

二人はしばらく黙って永代橋の方を眺めた。

今丁度橋の上を家族四人がこちらに向かって歩いて来る。大工の法被を着た父親と木綿の縞の着物を短く着た母親が、二人の子供を連れていた。

男の子は十歳くらいだろうか、父親に何か訴えるように話しながら、時折笑いあっている。そして母親は八歳くらいの女の子と手を繋いで、こちらもおしゃべりに余念がないようだ。けっして裕福な暮らしだとは思えないが、そこには幸せの空気が満ち満ちているのが分かる。

自分たちが成し得なかった家族の光景がそこにはあった。

おきわは視線を戻して忠兵衛を見た。忠兵衛もおきわを見て、そして言いにくそうに訊いて来た。

「彦太郎は元気か？」

「ええ、元気ですよ」

おきわは、さりげなく答えたものの、用心深くなっていた。

彦太郎が今どこで何をしているのか教えたくなかった。今さら返せと言われても困るのだ。

「そうか、元気ならばいい。それを聞いて安心した」

忠兵衛は安否を訊きだしただけで満足したようだ。

「いや、どうしているのかとずっと案じていたんだ。丸田屋を継いでもらいたいと考えていたからね。だが、今となっては、彦太郎はおまえと一緒でよかったのかもしれん、そう思っているんだ」

「今となっては……」

おきわは怪訝な顔をした。てっきり約束を反故にして彦太郎を連れ去ったのを責められるかと、内心びくびくしていたのだ。

「何、実は店の先行きが読めなくなったんだ」

忠兵衛は、さらりと言った。

「！……」

「彦太郎が丸田屋にいたら、苦労をさせることになったかもしれんと思ってな。いや、ありがとう。お前の様子をみれば、彦太郎が今どんな暮らしをしているのか分かる。これで安心した」

さりげない言い方の裏にある深刻さに、おきわは言葉を掛けることが出来なかった。

「実はね、さっき橋の上でおいとにも報告したんだよ。来年はここに来られるかどうか分からんからねと」

　忠兵衛は苦笑してみせると立ち上がった。

「おまえさま……」

　代金を置いて帰ろうとする忠兵衛に、おきわは呼びかけた。

「心配は無用だ。なんとかやるさ。それより、今日おまえに会うことが出来たのは、おいとのお蔭だな、おいとが会わせてくれたのかもしれん」

　作り笑顔でひょいと手を上げ、忠兵衛は永代橋を帰って行く。

　おきわは店の外に出て、忠兵衛の背を見送った。

二

　本所竪川に架かる二つ目橋の南詰、松井町二丁目の角っこに、間口二間の小奇麗な二階家がある。

　一階の軒には柿色の暖簾を掛け、表に面した店先には障子一枚分に煙草の葉を大きく描き、その横に『かたりぐさ』と店の名を書いてある。

　ここが、おきわが店のおかみとして采配を振るっている店だ。

ただこの店、おきわの物ではない。おきわはいわば雇われおかみで、経営者はこの家の地主家主で、二階で暮らしている隠居だ。

号は楽珍。もとは北町奉行所の同心だったが、五十前にして倅に家督を譲って楽隠居した秋山鉄五郎という者だ。いや、正確に言えば同心は一代抱えで世襲ではないのだが、それは表向きで、内実は代々どの家でも世襲となっている。

そういう訳で楽珍という翁は、好きな煙草を吸いながら、どうしても納得のいく物語を世に出したいと、同心時代に貯めた金で仕舞屋を買い、もくろみ通り隠居したという訳だ。ところが、家はあっても日々の暮らし向きの金に事欠く。女房も無くしていたから身の回りの世話をしてくれる者もいない。

そこで、本所の料亭で仲居をしていた気働きのあるおきわを見込んで話を持ちかけ、おきわには煙草屋を営ませて、それをピンハネした金で下手な物語など書き散らし、悠々自適の暮らしをしている齢六十過ぎの変わり者だ。

つまり二階は隠居楽珍の住まいだが、店になっている一階部分は、おきわの住まいになっていて、おきわは自分の好きなように改装している。

まず表の通りから戸を開けて土間に入ると、右手は四畳の板の間で作業場となっている。壁際には棚があり、そこには送られてきた煙草の葉が産地別に積み上げてある。

そして左半分には商品の陳列と接客をする六畳の座敷があって、その奥におきわの暮らす空間がある。こちらは六畳の座敷と横手に台所、その向こうは廊下になっていて雪隠と物置がある。

奉公人は女中のおすまを入れて三人。今作業場の奥で産地から送られてきた煙草の葉の荷ほどきをしているのが、手代の貞次郎。その手前で大きな包丁を持って煙草の葉を刻んでいるのが、直蔵という男だ。

この葉を刻む作業を『賃粉切り』というのだが、煙草の良し悪しは、この賃粉切りが左右する。

おきわが煙草屋を引き受けるにあたって幸運だったのは、煙草好きの楽珍が同心時代に目をつけていた直蔵を引き抜いて来たことだ。直蔵は、御府内では十本の指に入るだろうといわれる賃粉切りなのだ。どのような葉であれ、髪の毛ほどの細さに切ってみせるので、香りや飲み心地は抜群だと評判になっている。

煙草が商品になるまでには、他にも多くの手を加えなければならず、女中のおすまも家事の他にも『砂掃き』と『除骨』を担当してくれている。

砂掃きとは、送られて来た煙草の葉の埃を払う工程をいうのだが、葉脈を取り除くのが『除骨』、産地の違う葉を組み合わせるのが『葉組み』、それを重ねて刻みやすいように巻き合わせるのを『巻き葉』、包丁を入れやすくするためにしばらく重しで抑えるのを『押え』などと言い、さまざまな分担があるのだ。

葉組みは、どの葉をどれだけ混ぜると味わい深いものになるかを想像する感覚が必要で、おきわはこの商いを始めてから煙草を呑むようになった。呑んだ時の舌の感覚、口当たり、匂い（にお）などは、自分が呑んでみない事には分からないからだ。

おきわの勘は確かなようで、今日もおきわは大忙しなのだ。

今も武家の隠居一人と裕福な商人の女房一人が、十種類ほどの煙草を入れて陳列している小箱の前に座り、試し飲みをしている所だ。

「どうぞ、こちらもお試しになってください」

おきわは、煙管（きせる）を持って迷っている女に言った。

その箱には『黎明（れいめい）』という名がついている。

「服部（はっとり）煙草と竜王（りゅうおう）煙草を組んだものです。値段は少しお高いのですが、一度こちらをお呑みになったお客様は、みな気に入って下さっておりまして……」

説明しながら、女客から煙管を預かって黎明の煙草を詰めてやる。

「服部煙草は摂津（せっつ）産、香りは香ばしくて上品。竜王は甲斐（かい）の国の産だ。そうだったな、おかみ」

傍の武家の隠居が言う。

「はい、おっしゃる通りです。御隠居さまもお試し下さいませ。本日刻んだところですから、香りは大変よろしいかと存じます……」

愛想よろしく隠居の煙管にも黎明を詰めてやる。

「ふむ、うまいなやっぱり。おかみ、これを貰おう」

武家の隠居が納得した顔で言ったその時、二階から女中のおすまが下りてきて、

「おかみさん、お呼びです」

おきわの耳元に囁いた。

おきわは後をおすまに任せて二階に上がった。

「お呼びでございますか」

敷居際に座って伺うと、楽珍は書き終った物語の草稿を風呂敷に包んでいるところだった。

隠居の仲間入りをしているとはいえ、楽珍は逞しい体つきで、腰の締まり具合などはまだ現役の同心にひけをとらない。

「出かけて来る。夜食はいらんぞ。一文字屋に奢らせるつもりだ」

楽珍は風呂敷を結びながら言った。

一文字屋というのは、神田の本屋の事だ。主は治兵衛(じへえ)という人で、楽珍が同心時代からの昵懇(じっこん)の仲。多少の融通はきかしてくれると考えているようだが、おきわが察する限り、たびたび書き物を楽珍に持ち込まれて困っているのではないかと案じている。

「何、これだけの話を持って行くのだ。治兵衛も喜んで奢ってくれるだろうよ」

楽珍はぽんと風呂敷の包を叩(たた)くと、

「平岡(ひらおか)の家にも寄ってくるよ。彦太郎に何か伝言はないか」

今度は優しげな顔で言った。

「はい、他所にやった倅です。こちらからは何も……」

おきわは言った。

平岡の家というのは、八丁堀に住む同心の役宅のことだが、楽珍とは親戚(しんせき)筋で、こちらも北町奉行所の同心を拝命している。

その平岡家を今継承しているのが、なんと彦太郎なのだ。

今から二年前のことだ。平岡家の跡継ぎで伸太郎(しんたろう)という者が見習いから同心になったところで流行病(はやりやまい)にかかり、あっと言う間に亡くなった。後養子をとる暇もなかったのだ。母一人子一人で、嫁もそろそろというところだったから、母親の落胆は大きく、楽珍に相談を持ち掛けてきた。

とりあえず急がれるのは、養子を迎えて家の跡を継がせることだった。だが急に誰かと言っても、なかなか適任の者が見付かる筈もない。

楽珍はこの時、すぐさま彦太郎に白羽の矢を立てたのだった。

彦太郎はこの時十三歳になっていたが、おきわの仕事を健気に手伝う気働きと頭の良さは、とても十三歳とは思われず、楽珍はひそかに目を掛け、見守っていたという経緯がある。

なにしろ家族の様に暮らし始めて四年近くが経っていたから、楽珍の目に彦太郎は我が子のように見えていたに違いない。

渋るおきわを説き伏せて、まずは自分の養子にし、それから平岡の家の養子としたのだった。

つまり彦太郎は、侍になっていたのだ。今年で十五歳になった彦太郎は昨年には元服し、今は北町奉行所に見習いとして出仕している。

先日永代橋で忠兵衛に会った時に、おきわが彦太郎の現況を語りたくなかったのは、丸田屋に相談もなしに養子に出したという事情があったからだ。

楽珍は、おきわの方に歩み寄ると、苦笑して言った。

「まったくお前は……たまには母親らしく、何か言葉を掛けてやればよいものを……」

「あちらには母上さまがいらっしゃいます。私がでしゃばっては、本当の親子にはなれません。私は、あの子が元気でいればそれで十分です。母上さまには、どうぞ旦那(だんな)さまから、よろしくお伝えくださいませ」

おきわは手をついて言った。

かたりぐさの店に見知らぬ女が訪ねて来たのは、九月に入ってまもなくの事だった。

「おかみさんのおきわさんにお会いしたいんですよ」

女は店の中を値踏みするように見渡してから、おすまに言った。

丁度おきわは二階で楽珍の書いた物語を読まされているところだった。

一月前に一文字屋に持ちこんだものの、やはり出版するには今ひとつ物足りないと治兵衛に言われて、四苦八苦して書き直した代物(しろもの)である。構想は良いが文章が練れていないと言われたらしい。

どういう感想を述べたら良いのか困っているところに、

「おかみさん、おかみさんに会いたいという人がいらっしゃいまして……」

おすまの言葉に救われた気持ちで階下に下りてみると、おきわにも見覚えの無い商家の女房らしき女が、上がり框（がまち）に腰を据えて待っていた。

「いらっしゃいませ」

愛想良く声を掛けると、

「おきわさんですね」

女はじろりとおきわを見ていきなり尋ねたのだ。

「はい、おきわですが……」

怪訝な顔で応えると、

「私は丸田屋忠兵衛の女房で、おくみと言います」

と女は言ったのだ。

「！……」

「驚いたでしょうね。おきわさんの知らないことだもの」

おくみという女は、なれなれしく言い、くすくす笑った。

「で、丸田屋さんのおかみさんが何の御用でしょうか」

おきわは、平然として応じる。

「少しお金を用立てて貰えないかと思いましてね」

おくみはいきなり厚かましいことを切り出した。

「用立てる？」

おきわは驚いた。

忠兵衛が再婚していたとはつゆ知らない事だったが、あれから十年の歳月が経っている。新しい伴侶がいても当然だが、その伴侶が、まるで借金取りのように押しかけてきて、お金を用立てて貰いたいとは何事か。

それに、作業場で仕事をしている奉公人たちに、不縁となった昔の家のことなど聞かれたく無い。

「うちの旦那が、先月、永代橋でおきわさんに会ったっていうじゃありませんか。その時旦那から聞きませんでしたか……店が左前だって」

「いえ、知りません」

おきわは、察していたものの、きっぱりと言いきった。目の前の女が本当に忠兵衛の女房だとしても、関わりたくない人間だと思った。

「ふん、やっぱりあの人、なんにもしゃべらなかったんですね。別れた女房といったって、こんなに立派な店をきりもりしているんだもの、昔のよしみに縋ればいいのに……自身の不甲斐なさを打ち明けるのは、男の沽券にかかわるとでも思ったのかしらね」

おくみは店先だという遠慮などまるでない。

「ちょっとお待ちください、ここは商いをするところです。妙な話をべらべらされたら困ります。それに、話を聞いても力にはなれないと思いますよ」

言いながら顔が引きつるのが分かった。

「おきわさん、忠兵衛さんがどうなっても、いいって言うんですか。あの人は今せっぱつまって、明日にでも首くくりそうなんですよ」

おきわは絶句した。その様子を素早く見て、おくみはがらりと態度を変えた。

「すみません、気を悪くさせてしまって、ついつい私も見境なくなってしまって……ほかに頼る所がないものですからね。おきわさん、後生だから、話だけでも聞いていただけないでしょうか」

殊勝な声で手をすり合わせる。

おきわは、仕方なくおくみを連れて外に出た。話を聞いてやらなければ店にいつまでも居座るに違いない、そう思ったからだ。

おきわは二つ目橋を向こうに渡った所にある蕎麦屋に入り、屏風で囲った上がり座敷におくみと向かい合って座った。

おくみはすぐに話を継いだ。

「先ほども話しましたが、丸田屋はこの月末の払いが滞れば、店は高利貸しにとられてしまいます」

「いったい、どうしたっていうのですか……丸田屋は日本橋近辺では名の知れた小間物問屋じゃありませんか」

「それがあの人、京橋にある下駄屋の『松葉屋』さんの保証人になっていたようなんですよ。ええ、三年前のことです。ところが松葉屋さんは今年正月早々に夜逃げしてしまいましてね。松葉屋さんがしょっていた借金を、うちが肩代わりしなければならなくなったんです。それで、最初のうちはなんとか小分けして支払っていたんですが、とうとう三百両が滞ってしまって……」

「お姑さんや番頭さんは？　もちろん知っているんでしょう」

「お義母さんはとうに亡くなりました」

「何時？」

「おきわさんが家を出てから三年目だったかしらね。で、番頭さんも、もういません」

「いませんて……」

「奉公人は皆出て行ってしまいました。悔しいったらありゃしない」

「……」

「だから、おきわさんを頼るほか手立てがないんですよ。そりゃあ、私だって先妻のあなたにこんな頼み事は嫌ですよ。したくありませんよ。でもね、忠兵衛さんを、あの人を見てると、なんとかならないものかと、その一心だけで……」

おきわは大きくため息をついた。おくみの言い分はともかくも、忠兵衛の苦境はひしと窺（うかが）えた。

「私はね、あの人に言ったんですよ。前のおかみさんは本所で煙草屋をやって大（だい）繁盛（はんじょう）しているんだから、一度頼んでみたらどうかって」

「うちの店を、忠兵衛さんは知っていたんですか」

「ええ、ずっと前から」

「！……」

「おきわさんが気になって調べていたんじゃないの……ところが、知っていたのに、こちらに頼みに来なかった、そうでしょ」

「昔は夫婦でも、今は赤の他人ですから」

「あら、ずいぶん冷たいのね。これじゃあ忠兵衛さんも来られない筈だわ。やっぱり私がやって来て良かった」

なんとも図々しい言い草だと、いったんおさまりかけていた怒りに火が付いた。

「お気の毒ですが、私にはどうすることも出来ません。三百両ものお金、私の手元にはございません。ですからもう、お帰り下さい」

険しい顔でおきわは言った。

だがおくみは、そんなおきわの心情などものともしないで、

「三百両が駄目なら三十両だっていいんですよ。それだけの金があれば、今年は乗り切れます。そうすれば、また盛り返せます。後生です、助けてください」

縋りつくように食い下がる。

おきわは首を縦に振らなかった。厳しい目で見返した。

するとおくみは、ついにこんなことまで口にした。

「はっきり言いますけど、丸田屋がおかしくなっていったのは、おいとちゃんとかいう娘さんが亡くなってからのことじゃないですかね」

「おくみさん……」

何を言いだすのかと思ったら、おくみは突然、永代橋で亡くなったおいとの名を出してきた。

「忠兵衛さんも言ってましたよ。おいとがいなくなって何もかもおかしくなったって……その責任は、おきわさん、あんたにだってあるんじゃないの」

「！……」

三

数日後、おきわは得意先からの帰りに、日本橋に足を向けた。

おくみの話を蹴(け)ったものの、永代橋で会った時の忠兵衛の姿が思い出されて、やはり丸田屋の様子を見ずにはいられなかったのだ。おきわはまず、丸田屋で下働きをしていた茂平(もへい)の家を訪ねた。

茂平は丸田屋の近くの裏店(うらだな)に女房と二人で暮らしていて、おきわは女中時代に、その長屋に呼ばれて手料理を馳走(ちそう)になった事があった。茂平に訊けば、丸田屋の様子が少しは分かるかもしれない……そう思って訪ねたのだが、長屋に暮らしていたのは女房一人だった。

「おきわさん、あの人は、二年前に亡くなったんですよ」

女房は懐かしげにおきわの手を取り、そう告げて鼻を啜った。

「ちっとも知りませんでした。丸田屋にいた頃にはお世話になりましたのに、すみません」

おきわは無沙汰を詫び、小さな仏壇に素早く懐紙に載せた一朱を供え、線香をあげた。

「おきわさんが旦那さまと離縁してからというもの、丸田屋は坂から転げ落ちるように左前になりましてね……」

女房は亭主が亡くなるまでの丸田屋の話をしてくれた。

それによると、忠兵衛の母おまさは、おきわを離縁したのち忠兵衛がおくみを家に入れようとしたとき、拒絶して叱りつけた。おくみが浅草寺の近くで飲み屋をやっている女だったからだ。

素性の知れない女は嫁には出来ない。おきわは女中だったが、両親の素性は分かっていたし、確たる人物の紹介で丸田屋に奉公した女だ。だがおくみは駄目だ。おくみとは別れろと、厳しく忠兵衛を諭したのだ。

おくみがどんな人間か、おまさはこの時見抜いていたのかもしれない。

だが忠兵衛が母親の忠告を聞き入れることはなかった。この時既に、忠兵衛はおくみから逃げられなくなっていたのである。

やがて母親のおまさが亡くなると、忠兵衛はおくみを女房に迎えた。おくみは金遣いが荒かった。それに加えて忠兵衛が京橋の松葉屋の保証人になった事で、丸田屋は急速に傾いてしまったのだ。

「亭主は二年前に亡くなりましたからね、その後のことは良くは存じません。でも、おきわさん。あの女がやってきてから店はおかしくなったんですよ。亭主がそう言っていましたもの」

女房は言い、

「つくづくね、亭主は言っていました。おきわさんは出る必要はなかったのにって。もういっとき辛抱してほしかったって……」

おきわは頷(うなず)いた。

離縁する時には、人はひとつの道しか見えず、他に道はないものと考える。だが、歳月が経って振り返ってみると、果たしてそれが正しい選択だったのかどうか思い悩まされる時が来る。

おきわは女房に礼を述べて長屋を出た。そして丸田屋が見える向かいの物陰で頭巾(ずきん)を被(かぶ)り、表通りに歩み出た。人の流れに紛れ込み、顔を伏せて歩を進め、丸田屋の前で、すばやく店の中を覗いた。

「……」

店の中は閑散として客の気配はなかった。それどころか、以前は追い立てられて忙しく立ち働いていた小僧や手代の姿も無い。

――奉公人が皆去って行ったという、あのおくみとかいう女の話は本当だったのだ……。

丸田屋のあまりの変わりように、おきわは驚きを隠せない。

おきわは店の前を通り過ぎてしばらく歩いたところで立ち止まり、下駄屋の前にある天水桶(おけ)に身を隠すようにして、丸田屋の表を改めて見た。

軒にはためく藍色(あいいろ)の暖簾、店の片側に施した軒から敷居ぎわまで掛けた日よけの『萬(よろず)小間物卸』の看板も昔のままだ。しかし、両脇(りょうわき)の店が客の出入りが盛んな分、閑散としている丸田屋は、まるで空き家のように見える。

おきわは立ち竦(すく)んだ。自身が丸田屋で暮らした歳月は丸十年。青梅の田舎から出てきて女中奉公を始めたのが十七歳。それから女中として五年を過ごし、そののちは忠兵衛の女房として暮らした。

おきわが女中として働いていた時の忠兵衛は、おきわの眼には頼もしく懐の深い男に見え、自分も忠兵衛のような人と所帯を持てたら、どんなに幸せだろうかと思ったこともあった。

だから後妻にと望まれた時には、丸田屋の内儀としてやっていけるのか、という不安はあったが歓びの方が強かった。

今は青梅の二親とも亡くなってしまったが、当時後妻に決まった事を知らせると、父も母も喜んで祝いに駆けつけてくれたのだ。

おきわの丸田屋での暮らしは、気苦労も多かったが夫を助け、店を繁盛させるという夢もあったのだ。

丸田屋の店には、紅白粉から始まって、笄、かんざし、紙入れ、煙草入れ、印籠に根付け、お祝いごとの水引きや扇子など、それはもうありとあらゆる物を卸していたから、店は活気にあふれ、皆忙しく働き、声を掛けあっていたものだ。

あの、永代橋の崩落がなかったら、きっと今もかわりなく、眼の先にある丸田屋で内儀として采配をふるっていたに違いない。

――それが……まさか、このような有様になろうとは……。

想像だにしなかったことだ。追い出されるように出て来た家とはいえ、おきわの胸は塞いだ。

　その時だった。俄かに店の表に大声を上げながら出て来た男たちがいる。一人は忠兵衛で、あとの二人に見覚えはないが、険悪な顔をした男だった。堅気ではないことは、髷の結い方、着物の着こなし方で分かる。

　男二人は見送りに出て来た忠兵衛の首ねっこを捕まえて、なにやら、その耳元にねちねち告げている。忠兵衛は首を竦め、何度も頷き、卑屈な態度で応じていたが、やがて男たちを見送ると、肩を落として店の中に入って行った。

　行き交う人たちが、眉をひそめて店の中を覗きながら通り過ぎる。

　――なさけない……。

　あんな忠兵衛は初めて見た。見なけりゃ良かった。まるで自分までいたぶられているように、おきわの胸は痛んだ。

　おくみという女の話では、姑のおまさは七年前に亡くなったということだったが、今目の前で繰り広げられた屈辱の光景をおまさが見ていたら何と言うだろうか。気位が高かった姑は卒倒するに違いない。

　おきわは溜息をついた。胸の鼓動を整えて引き返そうとしたその時、背後から声が掛かった。

「おきわ」

振り返ると、楽珍が立っていた。

「旦那さま……」

おきわは慌(あわ)てた。知られたくない部分を見られたという動揺を隠せなかった。

「一緒に帰ろう。船を待たせてある」

楽珍は北鞘町(きたさやちょう)の河岸(かし)に屋根船を待たせてあったのだ。船に近づくと、横手から中年の男が現れ、楽珍に頭を下げた。

「紹介しておこう。この男は岡っ引の時蔵(ときぞう)だ。わしが引退するまで助(すけ)てくれていた男だ。今は今川橋の袂(たもと)で、女房と髪結いに精を出している、そうだな時蔵」

楽珍は言った。

「へい、さようで……どうぞお見知りおきを……」

男は笑みを湛(たた)えておきわを見た。ごつごつした感じの顔立ちだが、親しみやすい人柄だと直感した。

「おきわと申します」

自分の名を告げながら、なぜに楽珍は、この人に私を紹介したのかと訝(いぶか)しく

思っていると、船に乗り込むなり、

「他でもない。おきわ、そなたが近頃元気がないと言ってな、店のみんなが案じているのだ」

楽珍は、煙管を出して煙草を詰めた。店のきざみ煙草の中でも極上の『蓬萊（ほうらい）』だった。

おきわは驚いて、楽珍の顔を見た。

「直蔵とおすまがわしの部屋にやって来て、おかみさんを助けてやってほしいと言ったんだ、わしにな」

「……」

おきわは、奉公人たちの心遣いに胸が熱くなった。

隠して置こうと思ったことだが、おくみがやって来たことで、どうやら店の皆には、大方の事情を悟られてしまったようだ。

「昔の亭主が大変なことになっているらしいじゃないか」

楽珍は、煙草の灰を、灰入れにぽんと落とした。

「実はわしも、近頃お前の顔色が気になっておったのだ。店はうまく回っているようだが、いったい何があったのだとな」

「何、わしはお前に店を閉めるなどと言われたら、明日から干上がってしまう身だからな……それになんだ」

「すみません」

「お前さんの哀しそうな顔を見ていると、創作の手が鈍る。集中して書けぬ」

時蔵をちらと見て、

「てなこと言っておりやすが、おきわさん、旦那はね、おきわさんが頼り、おきわさんがいなかったら、明日にでもおっちんじまうってぇぐらい、おきわさん、おきわさんなんだから」

するとき時蔵がくすりと笑って言った。

「だってそうじゃありやせんか。旦那は本所の料亭でおきわさんをひと目見た時から、もうおきわさんをおいて他にないとぞっこんで」

「時蔵、余計な話をするな」

「時蔵！」

「へいへい、分かりやした。旦那の話があんまりまどろっこしいもんだから。でね、おきわさん、旦那はね、丸田屋が何故たちゆかなくなったのか、そのいきさつを探ってくれ、そうおっしゃっているんです。それで、いろいろとおきわさんにお聞きしたいと思いやして」

「そういう事だ。この男の腕は確かだ。おきわ、何でも相談するがよいぞ。ここは船の中だ。誰にも聞かれることはない」

「ありがとうございます。でも……」

元の亭主のことだ。おきわは躊躇した。

「そうしろ、時蔵に詳しいいきさつを調べて貰えば、それによってはおまえさんが、せめて元の亭主に救いの手を差し伸べるべきか、それとも、あくまで過去の事として忘れるべきか、態度も決まろうというもの。遠慮は無用だ」

「……」

「よいか、彦太郎のことを考えても、ここはしっかりと事実を知る必要がある」

おきわは頷く。その通りだと思った。

ただ、調べ次第では、忠兵衛のよからぬ事実が露見したりして、却って苦しむことにもなりかねない。正直それも怖かった。

するとまた時蔵が口を挟んだ。

「おきわさん、余談ではございますが、彦太郎さまは熱心にお奉行所にお勤めになっていらっしゃるようでございやす。あっしの昔の仲間で、まだ手札を貰って岡っ引をやっている者たちの話によれば、彦太郎さまはお奉行所では算盤も良くおできになるし手跡もいい。皆に期待されていると聞いておりやす。丸田屋さんは彦太郎さまの実の父親、おきわさんが勇気を出して真実を確かめるべきではありやせんか」

「おっしゃる通りかもしれません」

おきわは言った。彦太郎のためにも、事実を知らず、あいまいなまま暮らすのは良くない。

「お願いいたします」

おきわは、覚悟の顔で時蔵に言った。

「では早速……」

時蔵は大橋の袂で船を止め、勢いよく降りた。

「ふん、時蔵の奴め、まだまだ俺は現役だ、調べは任せろって張り切っているな」

楽珍は笑って見送った。再び船が岸を離れて動き出すと、今度は真顔でこう言った。

「おきわ、わしはな、お前さえよければ、夫婦として暮らしてもいいと思ったこともあるのだ」

「旦那さま……！」

「だがお前の頭の中は、永代橋の崩落で亡くした先妻の娘のことでいっぱいだった、そうだろ？　おいととかいう娘の消息がはっきりするまでは、自分は幸せになってはいかん、そう思ってきたんだろ？」

おきわは図星を指されて下を向く。

「本当は丸田屋のことも、ずっと頭から離れなかった」

「……」

「だがもう、自分の幸せを考えてもいいのじゃないか……これを機会にな。だから丸田屋の一件は悔いの無いようにと、わしはそう思ったのだ。何、これはな、わしの下心ゆえの事ではないぞ。わしはたとえ今のままでも満足しておるのじゃ」

楽珍は言い、照れ隠しにもう一服煙草をつけた。

「旦那、まもなく着きやすぜ！」

船頭の大きな声が聞こえてきた。

「うむ」

楽珍は労わりの目でおきわに頷いた。

四

岡っ引の時蔵が、かたりぐさの店にやって来たのは、数日後のことだった。

おきわは女中のおすまにお茶を運ぶよう頼み、時蔵と二階に上がり、楽珍に声を掛けた。

「おう、入れ入れ、その顔じゃあ調べは思うように進んだらしいな。お前の早業はまだ現役だ」

楽珍に褒められて、時蔵は照れくさそうに頭を掻いて座った。だがすぐに苦い顔で告げた。

「旦那、丸田屋はどうやら嵌められたようですぜ」

「誰に嵌められたというのだ？」

「へい、それが、なんと内儀おくみの昔の男にですよ」

「おくみさんの昔の男？」

おきわが訊き返すと、

「京橋の下駄屋松葉屋の主で百蔵ってぇ野郎です」

おきわは驚いた。

「松葉屋さんと言えば、丸田屋が保証人になった……」

「そうです。おきわさんからその話を聞いておりやしたから、あっしも驚きました」

「よし、時蔵、順を追って話せ」

楽珍は座りなおして時蔵を鋭い目で促した。部屋の空気が、ぴんと張りつめる。物語を書き散らしている時の楽珍とは別の、おきわが見たこともないような険しい顔に、同心時代に定町廻りの『鬼の鉄っさん』と呼ばれていたという話を思い出した。

「永代橋が崩壊してからの事ですが、丸田屋の忠兵衛は店を閉めると夜の街に出て行くようになった、そうですね、おきわさん？」

「はい……」

おきわは神妙に頷いた。

「はじめのうちはなじみの店なんぞなかったらしい。手当たり次第に飲み歩いていたようですが、そのうち、浅草寺の前で飲み屋をやっていた、おくみの店に入り浸るようになった。この話は、当時この飲み屋で板前をしていた男から聞きだしやした。今は別の店で板前をやっているんですがね……」

その板前の話によれば、おくみは色気のある若い女将として、客の人気を集めていた。ところが店は、百蔵の物だった。

百蔵は月に数回おくみを抱きにやって来たが、客の目につかないように用心を払っていたから、おくみに男がいるなどということは、誰も気付きはしなかった。

若い時に女遊びのひとつもしていなかった忠兵衛は、すぐにおくみのとりこになった。おきわを離縁したことで、ますます入り浸るようになっていたが、ただおくみの体に溺れたというだけではなかった。

飲み屋の二階では十日に一度賭場が開かれていて、忠兵衛はおくみに勧められて博打に手を染めていたのである。勝っても負けても小間物屋のちまちました商いとは違う興奮を得られたらしく、忠兵衛はのめりこんでいった。

そしてこの賭場に客を装ってやって来ていた百蔵に声を掛けられ懇意になったのだ。

やがて、おくみにせっつかれて女房として店に入れる事になるのだが、この段取りを取り仕切ったのが百蔵だった。

その百蔵がある日借金の保証人を頼んできたという訳だ。忠兵衛は断るに断れなかったのだ。

「ちょいとすみません」

時蔵はそこまで話すと、おすまが持って来たお茶を取り上げて喉を潤した。

茶碗を下に置くのを待ちかねるように楽珍が訊いた。

「いったい、いくらの金の保証人になっていたんだ」

「へい、板前の話じゃあ、五百両だったというんですが、松葉屋の百蔵は、それを一度も返済してなかったというんです。なにしろ相手は高利貸しですから、松葉屋が夜逃げした時には七百両にも八百両にも膨らんでいたんじゃないかというんですがね」

「最初から嵌めるつもりで近づいたに違いねえな」

「へい、あっしも、そう思いやす。松葉屋の店を探ってみましたが、借金の話が出た時には、とっくの昔に店は人の手に渡っていたらしいですからね」

「忠兵衛は百蔵を調べもせずに保証人になったのか……」

「そういうことです」

「ふむ……」

楽珍は黙って腕を組んだ。

おきわは、人も変われば変わるものだと思った。おきわの知っている忠兵衛は、しまり屋で通っていた。

丸田屋で扱っていた小間物の中には、浅草紙とも呼ばれた漉き返しの安価な紙があるのだが、丸田屋ではこれを店の雪隠で使用していた。

忠兵衛はこの浅草紙使用についても「浅草紙とはいえ、これは店の商品だ。売ればなにがしかの儲けを産むものだ。むやみに使わぬように」などと奉公人に注意していたものだ。

その忠兵衛が博打にはまり、怪しげな人間の借金の保証人になるとは。かつての忠兵衛を見ていたおきわには、信じがたいものがある。

「丸田屋の主は……」

楽珍は組んでいた腕を解くと、ちらとおきわを見て言った。

「おくみに手玉にとられた、それがここまで追い詰められた原因だな」

「そのおくみですが、丸田屋にはもういませんぜ」

「うむ……逃げたな」

「へい。おきわさんに無心しに来た金は、忠兵衛のためなんかじゃねえ。自分が逃げる時の路銀にするつもりだったに違えねえ。今ごろどこかで百蔵と落ち合っているんだろうよ」

「問題は残債の三百両か……時蔵、その高利貸しだが、叩けば埃が出るんじゃないのか」

　楽珍は、にやりと笑った。だがその目は、鋭く光っている。

「へい、おそらく。奴は米沢町の仕舞屋で看板も掛けずに金貸しをやっていやす。人相の良くねえ若い衆を数人かかえたならず者でさ、名は宗兵衛、産は上州……」

「よし、引き続きそ奴を調べてくれ。場合によっちゃあ、俺が出張ってもいい」

「そうこなくちゃ、昔取った杵柄、こんなところで売れねえ本を書いていたって、世の中のタメにはならねえんですから」

　時蔵は笑って立ち上がった。

「ちっ、ずいぶん言いたいことを言うようになったもんだな、時蔵」

「へっへっ、では旦那、早速」

　時蔵は勢いよく出て行った。

「旦那さま、申し訳ありません」

おきわは手をついた。

「いいってことよ、時蔵を見ただろ？　体がなまって、うずうずしてたんだよ。もっとも、わしも人のことはいえぬ。年寄りの冷や水といわれても仕方がないがね」

楽珍はにやりとした。

「まあ、彦太郎さま！」

「おいでなさいまし、彦太郎さま！」

かたりぐさの店では、この日、驚いて見迎える奉公人たちの声が響いた。

口をきりりと引き締めて、目の涼やかな侍姿の少年が突然店にやってきたからだ。おきわの倅（せがれ）で、平岡と言う同心の家に養子にやった彦太郎が帰ってきたのだった。

「まあ、ご立派になって」

おすまが目を細めれば、

「立派だよ、彦太郎さん。馬子（まご）にも衣裳（いしょう）だねえ」

なんて直蔵も感心しきりだ。

「ほんとだよ。ここで一緒に働いていた時とはまた違った、いい若い衆だ」

貞次郎もほれぼれと言う。

皆仕事の手を止めて、彦太郎の周りに集まって来た。

「みなさんもお元気でなによりです」

彦太郎も挨拶(あいさつ)する。またそれがういういしいものだから、みんな撫(な)でまわすように褒めちぎる。

「今日は、おっかさんに会いにきたのね。ささ、どうぞ。遠慮しないで、自分のうちじゃない」

おすまが言ったその時だった。

「彦太郎、何の用ですか……ここには一人前になるまで帰ってきてはいけませんと言ったでしょう」

厳しい顔をして、おきわが奥から出てきたのだ。

「おっかさん、母上にも許可を頂いてまいりました。どうしても知らせたいことがあったのです」

彦太郎は養家の母を「母上」と呼び、おきわを「おっかさん」と呼んでいる。

「今お茶を淹れますから、上におあがりください」

おすまが気を利かして言う。

おきわはしぶしぶ、奥の自分の部屋に、彦太郎を連れて入った。

「おっかさん、驚かないで下さいよ。おいと姉さんと思われる人が、浅草の清廉寺という寺にいるらしいってわかったんだ」

彦太郎は興奮を抑えきれないような顔で告げた。

「！……」

おきわは驚いて、彦太郎を見た。

永代橋に毎年八月、命日に手を合わせに出向いて来たが、生きていて欲しいという気持ちはずっとあったものの、いやもう生きている筈がないと諦めていたのが本音。彦太郎の言葉に耳を疑った。

「尼としてお勤めしているというのです」

彦太郎は真剣な顔で言う。

「尼……本当ですか？　確かめましたか？」

「いえ、それはまだ。おっかさんと一緒に行って確かめたいと思いまして」

「彦太郎、お前は誰からその知らせを貰いましたか」

「同じ八丁堀に住む同心で、矢崎格之進という方です」

「矢崎……格之進？」

「おっかさんは覚えていませんか。あの崩落があった折に、おっかさんと私が、おいと姉さんが落ちた場所に近づこうとした時に、刀を抜いて通行人を怒鳴りつけていた人を……」

「あっ」

おきわの脳裏に、あの時の光景がまざまざと蘇って来た。

その同心の殺気漲る威嚇は、あの場所にいた者たちを橋の袂に引き返させた。あの同心がいたからこそ、さらなる犠牲者が出なかったのだ。

「今矢崎さまは、お奉行所の中で例繰り方をなさっておられますが、私も見習いとしてお手伝いしております。それで、永代橋崩落の話が出た時に……」

彦太郎が、あの後、こんな同心がいて母も自分も助かったのだと告げたところ、矢崎は驚いて、あれは自分だったと教えてくれたのだ。

そしてあの時、息を吹き返した女の子を一人助け出したが、その子は何も覚えておらず、困り果てた矢崎は、知り合いを介して、浅草の尼寺に引き取ってもらったというのであった。

「おっかさん、その女の子の記憶はいまだに戻っていないようですが、もし姉さんなら、私やおっかさんの顔を見れば思い出すかもしれない、そうでしょう……」

彦太郎は息もつかぬほどに、一気に告げた。

「彦太郎……」

おきわはまだ、混乱の中にいた。

「おっかさん、行ってみましょう」

彦太郎は膝（ひざ）を立てて促した。

おきわが頷くまでもなく、その時楽珍が入って来て言った。

「行ってきなさい。ひとつひとつ確かめるのだ。ずっと苦しんできたことじゃないか」

五

翌日の八ツ、おきわは彦太郎と待ち合わせて清廉寺に向かった。門を入ると、すぐ向こうに本堂が見え、本堂を囲むように木々が茂り、しきりにひぐらしが鳴いている。

庫裏の前でおとないを入れ、おいとの名を出して会いたいと告げたが、応対に出て来た尼は首を傾げた。

そこで、永代橋崩落でこちらにやって来た女だと告げると、ああ……という顔で、

「恵信尼さんですね」

と言った。

二人は寺の座敷に通された。すぐに一人の尼が部屋に入って来て座った。

「恵信尼でございます」

尼は怪訝な顔で、おきわと彦太郎の顔を見た。その目は初対面の人を見る目に間違いなく、見知らぬ人に自分を指名されて困惑している感じだった。

おきわは彦太郎と顔を見合わせた。

なにしろ永代橋の事故は十年前だ。あの時のおいとの年齢は八歳、娘の容姿を激変させるには十分の歳月が経っている。昔の面影を探すと言っても、至難であることが対面して分かった。黒子があるとか痣があるとか、そういう証拠になるものがあれば別だが、なにしろそういった物は何もなかったのだ。

亡くなったおいとの母親の面影も薄いと思った。目の前にいる恵信尼は色白で丸顔だが、亡くなった母親は、どちらかというと、健康そうな肌の色をしていて顔立ちも丸顔ではなかったはずだ。

いや、実際のところ、おきわの記憶自体に、もはやあいまいさが色濃いのかもしれなかった。おきわがそうだから、彦太郎にしてみれば、姉と断定する確かな記憶がある訳がない。

「私はおきわと申します。そしてこちらが彦太郎です」

おきわはまず自分たちの素性を述べ、

「これからお話しすることで、お気を悪くされるようなことがあるかもしれませんが、どうかご容赦下さいませ」

断りを述べてから、これまでのいきさつを掻い摘んで話した。

恵信尼は、しっとりと座って、静かに耳を傾けている。

おきわが話を終えると、恵信尼は静かに笑みを湛えたのち、気の毒そうな顔で言った。

「申し訳ございません。私が十年前の永代橋崩落の時、川でおぼれていたのを助けられ、こちらでお世話になり、そして尼になったのは間違いございませんが、昔のことは何も覚えていないのです」

「……」

「今までにも何人も、ひょっとして縁ある者ではないかと、ここにお訪ねくださいましたが、やはりどなたのお顔を拝見しても、私、何も覚えておりません。思い出せないんです。自分はどこで生まれてここにいるのか、それが分からぬというのは本当に寂しいことではありますが、近頃では、これも仏のおぼしめし、お前はこの寺で生き、困った人々に手をさしのべよと、そう言われているのだと思うようになりました。お訪ねくださったことは有難いのですが……」

恵信尼は、数珠を掛けた手を合わせて瞑目した。

――これでは確かめようもない……。

力が抜けていく思いで、若い身空で俗世間に戸を立てて仏に仕える尼僧をおきわは見詰める。

だが、俄かに膝を打って彦太郎が訊いた。

「助けられた時に着ていた着物の柄ですが、あなたを助けた同心から、裾に初秋に咲く紫苑の花を染め上げたものだったと聞いていますが……」

「彦太郎、その話は本当ですか?」

驚いて聞き返したのは、おきわの方だった。

「はい、そのように聞いています」

「間違いない、それなら間違いなく……」

おきわの目に突然涙が溢れ出て来た。

「私がおいと……」

驚愕しているのは、恵信尼の方だ。言葉を失ったようにおきわを見ていたが、やがて目にじんわりと涙をためて、

「それが本当なら、どんなに嬉しいことでしょうか。ただあの時の着物については今いちど、こちらの庵主さまにもお尋ねしてみます。でも……」

恵信尼は急に言葉を濁らせた。

「記憶を失って生きて行く場所もなかった私を、ここに引き取り大切に育てて下さったのは庵主さまです。その庵主さまは今は重い病におかされて床についています。仮に私がおいとという娘であったとしても、恩ある庵主さまを置いて、還俗し、この寺を出るなどということは出来ません。してはいけないことなんです。庵主さまをお世話する者は私しかいないのです」

恵信尼は、きっぱりと言った。

「おいと……」

おきわは、恵信尼の手を取った。

あの、反抗的で我儘だったおいとが、本当に目の前にいる尼僧なのかと疑う程、恵信尼は真に仏に仕える尼に見えた。

「長い間ご心配をかけました。話をお聞きした限りでは、義理の娘の私を、ずっと案じて探して下さったことを有難く思います。ありがとうございました」

恵信尼もおきわの手を取った。その目に涙が溢れている。

「おいと……」

「……」

彦太郎は母と姉の姿を見つめながら、顔を歪め、口を引き結んだ。

物言わぬまま、しばらくただ見つめ合う三人の耳に、ひぐらしの声が次第に大きく聞こえて来た。

長い間心を縛り付けていた縄が解けたおきわは、役所に出向くという彦太郎と別れると、まっすぐ日本橋に向かった。

間違いなくおいとと思われる恵信尼の発見を、一刻も早く忠兵衛に知らせてやりたかったのだ。

――おいとが生きていた――

その事実を知ったら、どれほど忠兵衛の励みになるかしれない。おいとが尼僧で還俗は難しいとしても、娘が生きているという事実は、なにものにも替え難い幸せである筈だ。

別れた夫とはいえ、おきわは忠兵衛には立ち直って幸せになってほしかった。

だが、丸田屋の向い側に立ったおきわは、立ち尽くした。丸田屋は大戸を締めて初秋の弱い光にさらされていた。看板も暖簾も無くなっていた。

襟足にどっと噴きだしてきた汗を手巾で押さえながら、忠兵衛の身に何かあったのかもしれぬと不安になった。

「おきわさん」

右手の方から時蔵が近づいて来た。

「大変なことになりました。忠兵衛さんは今日の昼過ぎ、高利貸しの家に押しかけやして、主の宗兵衛と口論の末、匕首で斬りつけて怪我を負わせやした。ですが逆に若い衆に袋叩きに遭いやして、丁度そこに定町廻りが行き合わせ、一味と一緒に今さっき大番屋に連れていかれたところです」

「小伝馬町に送られるのでしょうか」

「まだわかりませんが、たぶん……」

「ではもう、会えないのでしょうか」

「いや、それほど案ずることはありやせん。まあ今夜にでも楽珍の旦那とお奉行所に押し掛けて、奴らが出している法外な利子の証文を証拠に、取引するつもりです」

「私、忠兵衛さんにどうしても報せてあげたいことがあるんです。会わせて下さいませんか」

おきわは必死だ。

「分かりました。動きがあればお知らせします。先ほども言いましたが、それほど案ずることはないと思います。楽珍の旦那は今でも北町のお奉行所内で一目おかれているお方です。あの旦那が腰を上げたのですから……」

あの楽珍が……物語を書いても書いても本屋から突き返されて、頭を抱えている初老の男に、本当にそんな力があるのだろうかと思いながらも、

「よろしくお願いいたします」

おきわは時蔵に頭を下げた。

それから三日、少しも落ち着かぬ日をおきわは送った。

昨日も楽珍は出かけて行き、難しい顔をして帰ってきたが、おきわには何も言ってくれなかった。

とうとう今日も動きはないのかと思っていると、夕刻になって時蔵が現れた。

「旦那はいらっしゃいますね」

時蔵は、おきわに念を押して二階に上がった。

おきわが二階に呼ばれたのはまもなくの事だった。

不安な面持ちで着座すると、時蔵が言った。

「おきわさん、忠兵衛さんのお仕置きが決まりました」

「お仕置き……」

ぎょっとして見返すと、

「なあに、形だけのものです。期限を切っての所払いです」

おきわは静かに頷いた。

「三年です。まあ、所払いに期限はねえ、なんていう輩もおりやすが、こういう特別な扱いもない訳ではないってことです。これもこちらの旦那のお蔭ですよ」

「旦那さまが……」

　おきわが顔を向けると、楽珍は笑みを湛えて、

「なあに相手は悪党だ。時蔵の働きで、それは露呈している。本来裁きをうけるのは金貸しの宗兵衛、松葉屋の百蔵、それにおくみだ。忠兵衛は嵌められたのだ。まあ、嵌められた者も自業自得で同情の余地はないというのが御奉行所の考えだ。だがわしは、こう言ってやった。裁きは、江戸の民の関心ごとだ。名奉行のご裁断を拝見したいものだとな。とはいえ、相手が悪人でも刃物で傷つけた責は負わねばならぬ、そういうことだ」

　すると横から時蔵が言った。

「残っていた借金はチャラになりましたよ。ですが忠兵衛さんは、松葉屋の借金を払うために別のところからお金を借りておりやしたからね。店は没収となりやした。まあ、一から出直しって事ですね」

　おきわは、頷いた。

「何、三年など、あっという間だ」

　楽珍は言った。

　おきわは時蔵を玄関まで見送りに出、

楽珍の前で訊くのは少し遠慮があったのだ。

「所払いは何時なんでしょうか」

帰りかけた時蔵に訊いた。

「明日早朝と聞いておりやす」

「あの、少しお待ちください」

おきわは店の中にとって返すと、布に包んだ物を時蔵に渡した。

「三十両入っています。これを忠兵衛さんにお渡しいただけませんでしょうか」

時蔵は、じっとおきわの顔を見て、

「お預かりしやしょう」

その包を懐におさめて帰って行った。

翌朝、おきわはそっと床を離れて身支度をした。

見送りには行くまいと思い、手持ちの金を時蔵に渡したのだが、やはり恵信尼のことを告げてやらなければと思ったのだ。

――生きていたと知れば、この先辛くても頑張れる。

子供を持つというのはそういう事だ。おきわが頑張ってこられたのも、彦太郎がいたからだと思っている。

おきわは朝霧に覆われた白い道を永代橋に向かった。恵信尼の存在を知らない忠兵衛は、きっと永代橋に、しばしの別れを告げに現れるに違いない。まだ明けきらぬ人気のない道を、おきわは足を急がせた。

「！……」

おきわは、仙台堀川（せんだいぼりがわ）に架かる中の橋の上で、目に飛び込んで来た永代橋を見て立ち止まった。

大川に弓なりの線を描く美しさは圧巻だった。見はるかす永代橋の姿は、登り始めた朝日に白い霧が解け始めて、より鮮明になって行くところだった。

おきわはふたたび足を速めて永代橋の東袂まで一気に歩くと、立ち止まって橋を見渡した。

今橋の上に、二人の男の姿が現れたところだった。一人は侍、それも羽織の形から同心と見た。

そしてもう一人は、その輪郭だけで忠兵衛と分かった。

——やはり旅立つ前に、永代橋に立ち寄りたいと同心に頼んだに違いなかった。

橋の上の忠兵衛の輪郭が、腰を落として川に向かって手を合わせている。

おきわは急いで橋に駆け上がった。

——私もこれで、ようやく荷物をおろすことが出来る。

おきわは小走りしながら、ここに至るまでの楽珍の温情を、しみじみと感じていた。

「永代橋」(『雪の果て　人情江戸彩時記』第四話)

雨のあと

一

片桐弦一郎は、筆耕の本を油紙に包むと懐に入れ、通油町の古本屋『大和屋』を出た。

店を出た途端、視界には雨に煙る町の姿が飛び込んできた。降っては止み、止んでは降り、そんな状態が数日続いている。

行き交う人の姿もまばらで、しかも足早に通り過ぎて行く。

町の彩りは雨に流されたように色を失い、まるで薄墨色の墨絵の世界を見るようである。

「ふむ……」

弦一郎は持参していた傘を軒の下で開いた。微かに周りの空気が動いて、冷気が一瞬弦一郎の体を撫でるようにして過ぎた。

六月だというのに肌寒い。長雨で大地が冷え切っている。少し風もあるようだった。

傘を打つ雨の音を聞きながら、弦一郎は黙々と北に向かった。

弦一郎の住まいは、神田川の北方、藤堂和泉守の上屋敷の西側にある、神田松永町の裏店である。

待っている人がいる訳ではない。なけなしの着物の裾に泥を跳ね上げないようにゆっくりと歩いた。

――こんな日は、家の中でじっとしていたいものだ。

弦一郎は心の中で独りごちた。

独りごちてみたものの、それが叶わぬ望みであることは承知している。

雨が降ろうが、風が吹こうが、こうして大和屋に縁を切られないように仕事を貰い、こなしていくことで唯一命を繋いでいる。並の人間の贅沢が許される身分ではなかった。

――それにしても、この世の中、何が起こるかわからぬものだ。

弦一郎は浪人になって一年になる。

青天の霹靂、まさか自分が浪人になるなどと考えてもみなかった。

それがどうだ。

何の因果か、天は容赦なく弦一郎を見放したようである。

お陰で弦一郎は、大和屋の筆耕の仕事を手に入れて落ち着くまで、職を求めて右往左往して来たのであった。

むろん仕官を望んでのことではあったが、そんな旨い話は夢のまた夢、過去の経歴も努力も役に立たないと悟るまで、一年という月日が弦一郎には必要だった。

──なるようにしかならぬわ。

ふと頭をもたげた煩悩を、胸の中に再び封じ込めることが出来たのは、和泉橋に足をかけた頃だった。

雨は小降りになっていた。

橋の上は、煙るような霧に覆われていた。

──やっ。

弦一郎は橋の向こう、北袂に、雨傘もささずに転げるように走って来た町人の姿をとらえていた。

その町人を追いかけて、三人の武士が走って来た。武士たちは雨傘をさしていた。

いずれも霧の中から突然現れたように見えた。

町人は橋袂までたどり着くと、足をとられて横転した。

追いかけて来た武士の雨傘が、町人を扇形に取り囲んだ。

「お助け下さいませ。後生でございます」

町人は雨に打たれながら、泥の路上に手をついて許しを乞うている。

武士の一人が雨傘を手から放した。ふあっと雨傘は宙を舞い、傍らに天に腹を見せて落ちた。

「それへ直れ」

武士は大刀を抜き放つと、その切っ先を町人の面前に突きつけた。

「お許し下さいませ」

町人はぬかるみの上に突っ伏した。

「無礼者め、許せぬ」

武士は躊躇することなく、町人の頭上に刃を振り上げた。

「待て」

弦一郎は傘を畳みながら橋袂に走った。

間一髪、畳んだ傘で、武士が振り下ろしてきた剣を跳ね返した。

バサッ。

骨の折れる乾いた音を立てて傘は真っ二つに割れ、その残骸が弦一郎の手に残った。

「この者は謝っているではないか」

弦一郎は町人を庇うようにして立った。

見れば、武士はいずれもまだ年若い。

抜刀している武士は青白い顔をした神経質そうな男だった。

後の二人は……とみると、一人は浅黒い顔に厚い唇が目立つ武士で、もう一人は、切れ長の目をした武士だった。

察するに、抜刀している青白い顔の武士が一つ二つ年上で、他の二人を従えているようである。

「邪魔をするな」

青白い顔の武士が抜き身を握り直して、吠えるように叫んだ。

「むやみに町人を斬っていい法はないぞ」

弦一郎は青白い顔の武士を睨み返した。

「うるさい。手出しは無用だ、この者は無礼打ちだ」

「命を取るほどの無礼をはたらいたというのか」

「雨傘のしずくを俺にかけた」

「何、雨傘のしずくをかけた、それで無礼打ちだと……」

弦一郎は手を合わせて震えている町人の顔を見た。

「す、擦れ違った時に、私の傘のしずくが飛んだとおっしゃるのですが、わざとではございません。私も気づかなかったのです」

町人は叫ぶように言った。こちらもまだ若い奉公人だった。

「この雨だ。許してやれ」

弦一郎が青白い顔の武士に向き直った時、武士が弦一郎めがけて大刀を振り下ろしてきた。

「恥を知れ」

弦一郎は手にしていた傘の残骸の尖った先端を、武士の顔目がけて投げた。

武士はこれを身を捻(ひね)るようにして、かろうじて避けた。その一瞬に弦一郎は武士の懐に飛び込んでいた。

同時に、したたかに青白い顔の武士の鳩尾(みぞおち)を打っていた。

「うっ」

青白い武士は蹲(うずくま)った。

「この者を斬りたければ、俺を斬ってからにしろ」

弦一郎は、顔をゆがめている武士に頭ごなしに言うと、他の二人をきっと見据えた。

　二人の武士も雨傘を捨て、その手は腰の柄（つか）に添えていた。

　呼吸にして二つか三つ、弦一郎と二人の武士は微動だにせず、互いに相手の動きを探った。

　霧の中に緊張が走った。

　浅黒い顔の武士が、その緊張に抗しきれずに、蹲って身じろぎも出来ずにいる武士に叫んだ。

「関根（せきね）さん、どうする……」

「そうか、おぬしは関根というのか」

　弦一郎はにやりと笑って、蹲っている武士を見遣（みや）った。

「お、覚えておけ」

　関根と呼ばれた蹲っていた男は怯（おび）えた声を発すると、一間（約一・八メートル）ほど這（は）いずるようにして弦一郎から逃れると、そこでようやく立ち上がって、転げるように逃げ去った。

　後の武士二人も、関根の後を追って我先にと走り去った。

「あ、ありがとうございます。い、命拾いを致しました」

町人は泥の中に座ったまま、弦一郎を見上げて礼を述べた。

「立てるか」

「は、はい」

町人は頷いた。だが、膝を立てようとするが足は空を踏み、力が入らないようである。腰が抜けたらしい。

弦一郎は、町人の後にまわると、その腰に活を入れた。

「立ってみろ」

「は、はい」

弦一郎に促されて町人は恐る恐る立った。立つには立てたが、膝がまだがくがくして、歩くとふらつきがあった。

「よし、送って行こう。俺の肩につかまれ」

弦一郎は、町人の腕をつかんで肩を寄せた。

「しかし、お武家さまのお着物が汚れます」

「構わぬ。それにまたあの連中が戻って来るやも知れぬぞ」

弦一郎は、三人の武士が去った方角にちらと視線を走らせると、町人に顔を戻して促した。

町人は神田鍋町にある履き物問屋『浜田屋』の手代で、房吉という男だった。

弦一郎は、恐縮する房吉の手を自分の腕につかませると、和泉橋を再び渡って浜田屋の店まで送り届けた。

雨は止んでいて幸いだったが、足のもつれる房吉を支えての歩行は難儀であった。

浜田屋の主は懇ろに弦一郎に礼を述べ、是非上にあがって欲しいと頭を下げたが、弦一郎は断った。

行きずりの出来事、しかも当然のことをしたまでだと、弦一郎は浜田屋が懐紙に包んで差し出した礼金も押し返した。

すると主は、それでは人として礼を失しますと言い、店の棚にあった草履と下駄を素早く包むと、弦一郎の胸に押しつけるようにして手渡したのである。

「せめてこれだけは……」

などと言う。

弦一郎は主の厚意を慮ってこれを受け取った。

そんなこんなで、店を辞して長屋に戻ったのは七ツ（午後四時頃）を過ぎていた。予期せぬ出来事に遭遇し、思いの外手間取ったようである。

――はて、米は……。

長屋の軒下に立つと同時に、弦一郎は米櫃が気になった。急いで戸を開けると、

「あら、お帰りでございます」

女のしなやかな声が弦一郎を迎えた。

――しまった、家を間違えたか。

慌てて土間に入れた足をひっこめ、戸を閉めようとすると、

「弦一郎様、ゆきでございます」

藤鼠色の着物を着た女が、上がり框まで走り出てきた。

「これはおゆきどの」

弦一郎は、上がり框に座して出迎えてくれたおゆきに苦笑した。早とちりした狼狽が我ながらおかしかった。

座敷にはおゆきが連れて来たのか、初老の男が座っていて、腰を浮かせて弦一郎に会釈を送ってきた。

きょとんとしている弦一郎をみて、おゆきは袖で口元を押さえてくくっと笑った。

おゆきの所作は、ひとつひとつがなまめかしい。黒目がちの目と、しっとりとした唇が弦一郎を笑いながら見上げていた。家の中が一瞬にして甘い芳香に包まれているような、弦一郎はそんな錯覚に囚われた。

「ごめんなさいね、勝手に上がり込んで……」

おゆきは言った。おゆきは、材木問屋『武蔵屋』の主、利兵衛の一人娘である。

武蔵屋はこの辺り一帯の地主家持ちで、弦一郎が住むこの長屋も武蔵屋の持ち物だった。

しかもその武蔵屋は、この長屋がある表通りに店を構えていて、藍色の暖簾が悠然と翻っている。たった今も、弦一郎はその暖簾をちらと見て、長屋の木戸をくぐって来たところであった。

おゆきは、一度嫁したが離縁となり、昨年の暮れに武蔵屋に戻って来た出戻りだった。

店はおゆきの兄の幸太郎が利兵衛を手伝っていて、おゆきは、父と兄の庇護のもとで、静かに昔の暮らしを取り戻したようである。

ただ、長屋の連中に言わせれば、娘時代の屈託のない明るさは見られなくなったという。大店の娘とはいえ、やはり世間の目を気にしているようだった。

しかし弦一郎は、嫁入り前のおゆきの姿など知るよしもない。

弦一郎の目におゆきは、豪商の娘を鼻にかけるでもなく、黙々と今は亡き母親に代わって家の中を仕切り、長屋の中にも気楽に出入りするきさくな女として映っていた。

そのおゆきが、弦一郎の家の上がり框に膝をついて出迎えてくれたのである。

ただごとではないなと見返すと、

「弦一郎様、こちらは金之助さんとおっしゃるお方で、お武家のお屋敷に人入れをなさっている『万年屋』のご主人です。弦一郎様にお会いしたいとおっしゃって、うちのお店にお出でになったものですから、それで私がこちらにご案内して参りまして、弦一郎様のお帰りをお待ちしておりました」

おゆきは、座敷で腰を浮かせてた初老の男に視線を向けた。

「お初にお目にかかります」

万年屋金之助という男は、すぐに立っておゆきの側まで来て座ると、

「私の店は本石町にございますが、今日お訪ねしたのは他でもありません。是非、私どもの仕事をお引き受け願えないものかと……それで押しかけて参りました」

弦一郎の前に手をついた。

　家の主が客人のように土間に立ち、客が座敷から挨拶（あいさつ）するという妙な対面が、弦一郎にはおかしかった。

「しかし万年屋、どうして俺のところに来た。この御府内には俺より役に立ちそうな浪人はいくらでもいるぞ」

　大刀を腰から抜いて上にあがった。

　座敷の文机（ふづくえ）の前に座って、懐から油紙に包んだ筆耕（ひっこう）の仕事を出して机の上に置いた。浜田屋で貰った履き物の包みも机の下につっこむと、その膝を金之助に向けた。

「この仕事、あなた様をおいて他にはございません」

　万年屋の金之助は、弦一郎の尻を追っかけるようにして元の座に座ると、にこにこして言った。

「このたび、私どもが依頼を受けましたのは、旗本五百石の御用人でございまして」

「旗本の用人とな……」

「はい。若党や中間（ちゅうげん）ならどなたにでもお願い出来ますが、御用人となりますとね。それも五百石ともなれば、身元も経歴もしっかりしていませんと、こちらも誰でも彼でもお願い出来るというものではございません」

「しかし、近頃は渡り用人とか申す者がいると聞いているぞ」

「いいえ、あなた様がおっしゃる渡り用人では駄目ですね。今度のご依頼は世間体を取り繕うための頭数合わせなどではございません。限られた間とはいえ、家政も仕切って貰いたいというのが先方のご希望です」

「………」

「本来ならばこういう場合は一生奉公の家士として迎えるのが筋ですが、事情があってそれが出来かねると申しておりまして……」

「ふーむ。しかし、期限を切っての話となれば、渡り用人には変わりないな」

弦一郎は腕を組んで金之助を見た。改めて見てみると、金之助は馬面だった。

金之助は大きな鼻を、ひくひくさせて話を継いだ。

「いいえ、今度の場合は先程も申しましたが、お家の苦境を乗り切るために一つの道筋を作っていただくという責任のある仕事です」

「ちょっと待った。そんな重大な勤めならば、他を当たってくれ」

「いいえ、あなた様ならそれがお出来になる。あなた様は一年前まで安芸津藩五万石の御留守居役見習いでいらっしゃいましたからね」

　金之助は、すらりと弦一郎の過去を語った。

「万年屋、なぜそんなことを知っている。誰に俺の昔を聞いた」

　弦一郎は驚いて聞き返した。昔のことは長屋に入る折に大家には話してある。だが、長屋の連中に漏らしたことはなかった。

　まさかとは思ったが、弦一郎は膝に手を置いて見守っているおゆきをちらと見た。

　おゆきなら、大家から話を聞くことは可能である。

　だが、万年屋金之助は、

「蛇の道は蛇でございますよ。いずこの御家が改易になられたか、その後ご家来衆はどのようになさっておられるのか……そういうお武家の消息ばかりを集めているお方もおります。事実あなた様の昔も、その方に教えて頂きました。ただ、こちらにお住まいというのはなかなか調べるのが大変でございましたが……いかがでございますか、お引き受け頂けないでしょうか」

　金之助は、弦一郎の顔を覗くように膝を寄せてきた。

「万年屋、せっかくの話だが、俺はこの通り、近頃筆耕の仕事をようやく見つけたところだ」

弦一郎は、文机の上の油紙の包みをちらと見て、

「そなたの仕事を引き受ければ、こちらは断らねばならぬ。それにこの長屋もずっと留守には出来兼ねる」

弦一郎は、やんわりと断った。

仕官の話ならば言うことはない。だが、期限を切っての勤めとなると、今の住まいも出て、ようやく手に入れた筆耕の仕事も手放さねばならぬ。

弦一郎は当てどのない暮らしに、一つの目処(めど)を得てひと安心したところであった。

「ご懸念はよくわかります。いや、通常御用人ともなればお屋敷に起居してお勤めなさいますが、このたびは期限を切ってのお勤めですから……それに、ここだけの話でございますが、先方も台所事情が苦しいようでございますから、通いで結構だと、そう申しておいででございまして……」

「なに、通いでよいのか」

「はい、通いならば、先方も食事の心配は昼食だけでよろしい訳ですから、経費節約の折、助かると申しております。ですから、お住まいはこのまま、ここに住

んで頂いて、お屋敷には通って頂くということでいかがでしょうか」

「さようか……」

弦一郎の心が動いた。臨時とはいえ用人のお勤めである。それに、弦一郎には武家の暮らしを懐かしむ思いが絶ちがたく残っていた。

――しかし……。

決めかねている弦一郎の表情を素早く読み取った金之助は、

「はい。ですからご帰宅後に筆耕の仕事も可能かと存じますが……」

目に笑みを湛えてじっと見た。

「弦一郎様、私からもお願いします」

突然側からそう言ったのは、ずっと静かに黙って聞いていたおゆきだった。

「実は、万年屋さんとは、随分古い昔から武蔵屋は懇意の仲でございまして」

「すると、このことは利兵衛も知っておるのか」

「はい……お差し支えなければ、このお話だけでも受けてあげていただけないでしょうか。万年屋さんも今度のこのお仕事は弦一郎様をおいて他にないとおっしゃっていることですから……」

――なるほど、万年屋と武蔵屋は懇意の仲か……。

おゆきがここに案内して来た訳だ。弦一郎の帰りを待っていたのもそういうことだったのか……。

「うむ」

弦一郎の住む長屋は、武蔵屋の持ち物である。断るに断れないなと思った。

弦一郎は覚悟を決めた。組んでいた腕を解くと、

「して、手当は如何ほどだ」

金之助を見返した。つい本音が出た。浪人して以来の常套句が情けない。

「お引き受け頂けますか。それはありがたい」

金之助はほっとした表情を見せ、

「お手当でございますが、三月で三両とお聞きしております」

弦一郎の顔を窺った。

「三月で三両か……」

話の向こうに仕事の難儀が見え隠れしている割には、決して良い条件ではないなと思った。

すると金之助は、弦一郎の心の動きを察知したようにつけ加えた。

「ただし、お勤めの内容によっては、その倍は頂けましょう」

「ずいぶんと手当の額に幅があるではないか……」

弦一郎は訝しい目を向けた。とは言うものの、三両の倍といえば六両である。

今の弦一郎には魅力だった。

筆耕で一両の金を得ようとすれば、仕事の内容や、やりようにもよるが、二月はかかるやもしれぬ。

「いえ、決してご心配なさるような、いかがわしいお勤めという訳ではないと存じます。仔細は先方のお屋敷でお聞き頂くことになっておりますが、万が一、お話をお聞きになってお気に召さないようでございましたら、この話、その場で断って下さって結構でございます」

「わかった。そこまで言うのなら引き受けよう」

「ありがとうございます。おゆきさんと長い時間お待ちしていた甲斐がございました」

おゆきとちらと見合わせた金之助は、安堵の表情を見せた。

二

万年屋の金之助から聞いた屋敷は、江戸川にかかる立慶橋近くにあるという旗本内藤孫太夫の屋敷だった。

このあたりは、どちらを向いても武家屋敷ばかりである。町人地のように物売りの店がある訳でもなく、人通りも少ない。閑散としていた。

だが、どの屋敷からも緑に彩られた木々が塀の上から覗いている。四季の移り変わりを間近に見渡せる武家の暮らしは、町場の裏店住まいには望めぬ贅沢である。

弦一郎がそんなことを改めて感じるようになったのは、やはり浪人になってからのことである。

弦一郎は立慶橋の西袂に降りると、塀から覗く木々の緑を楽しみながら、河岸通りを北に向かった。内藤家は川沿いにあると金之助から聞いていたからである。

果たして、内藤の屋敷はすぐに見つかった。

それというのも、屋敷の門前で鉦太鼓を叩きながら、「内藤様に申し上げます」

などと、屋敷の中に向かって声を張り上げている異様な女を見たからである。

女は五十がらみの町人だった。

首に鉦太鼓をつるし、背中には『借金返せ』と墨書した大きな紙を背負い、門の中に向かって怒鳴っていた。

「やい、やいやい。御旗本五百石が泣くんじゃございませんか。借金を踏み倒していいんですかい。内藤孫太夫様、それでも御旗本と言えるんでございましょうか……」

女は調子をとって叫び、鉦太鼓を激しく叩く。

「ご近所の皆々様、殿様も奥様も、御家中の皆々様も、耳をかっぽじって、よおくお聞き下さいませ。こちらの内藤様は、浅草寺前の茶屋に五両と二分、本所の小料理屋に六両、本石町の金貸し『亀屋』に十五両、他にも大きいの小さいの、多額の借金をしてござる。そこで青茶婆のお出ましだ」

女はそこでまた激しく鉦太鼓を叩きながら、くるりと回ると、さあみてくれと言わんばかりに背中の紙の文句を誇示して見せた。

世に青茶婆と呼ばれている借金の取り立て屋であった。

――えらいところに来たものだ。

ほんのいっとき、呆気(あっけ)にとられて見ていると、屋敷の中から中間二人が飛び出して来た。

「婆さん、痛い目に遭わないうちに帰りな」

中間二人は、女を挟み込むようにして立った。

「なに言ってんだい。御奉行所に、これこれしかじかと、申し立ててもいいんだね」

「婆さん、乱暴なこと言ってもらっちゃあ困るぜ。殿様はそんな借金は知らぬと申されておる」

「知らぬことがあるものか。若殿様に聞けばわかるよ。だいたい人に金を借りて知らんぷりはないだろう……あたしが間違ってると言うのかい。違うだろ。間違ってるのは、こちらのお屋敷の人さね」

「とにかく今日は帰ってくれ」

「やだね。たとえ一両でも貰わないうちには帰るものか。女だと思って馬鹿にするんじゃないよ。それに言っとくけど、あたしゃまだ婆さんじゃないよ」

女は歯を剝(む)いてつっかかった。

「ここまで言ってもわからねえようなら……少し痛い目に遭うといいぜ」

中間の一人が、女の腕を鷲づかみにした。

「待ちなさい」

弦一郎は、ゆっくりと歩み寄った。

「女、お前の用件はこの屋敷の者たちにも十分にわかった筈(はず)だ。今日のところは勘弁してやってくれぬか」

「ふん、他人様がしゃしゃり出る場合じゃないね。それともなにかい、駄賃でも出そうってんなら話は別だ。旦那の言う通り今日のところは引き上げてやるさ」

女は、にやりとして片目をつむった。

「うむ」

弦一郎は渋々一朱金を女の掌に載せてやった。

「ちっ、しけてやがる」

女は巾着に一朱金を落とし込むと、

「また来るよ……ただし、今度来た時には、耳を揃(そろ)えて払って貰うから」

女は塀の中に捨て台詞(ぜりふ)を残して去った。

きょとんとして女を見送った中間に、弦一郎は万年屋の斡旋(あっせん)でやって来た者だと名を告げた。すると中間はすぐに屋敷の中に案内し、若党の増川三平(ますかわさんぺい)という男に弦一郎の来訪を告げた。

「暫時お待ちを」

若党は弦一郎を、庭の手前には白い砂利を敷き、その向こうに見事な前栽(せんざい)をあしらった座敷に案内した。

この部屋に案内されながら、弦一郎がざっと見たところ、屋敷地は優に六百坪はありそうだった。

渡り廊下は広い中庭を囲むように、コの字型につけてある。つまりこの屋敷は、コの字型に表の座敷、殿様の居住区、奥方の居住区と仕切られているのであった。

それぞれの部屋にはまた別の、その部屋だけの庭が中庭側とは反対につくられていて、今弦一郎が見ている庭もその一つで、部屋はどうやら客間のようだった。

旗本も五百石ともなれば、旗本としての威厳を保つように、住まいにも贅と工夫がこらしてある。

弦一郎が通された座敷に着座するとすぐに、

「殿は病に伏せっておられます。片桐殿には奥様がお会いになられます」

増川という若党はそう言ってひっこんだが、まもなく、奥女中二人を従えた内藤の妻が、長い着物の裾を引いて入って来た。

弦一郎は頭を下げたまま、裾を捌(さば)いて弦一郎の前を過ぎ、着座する奥方の白い足を目で追っていた。

「内藤の妻、世津(せつ)です」

内藤の妻は、着座すると静かに言った。

「はっ」

弦一郎は顔をあげた。

色の白い、切れ長の目をした女が、静かに弦一郎が顔をあげるのを待っていた。

表で青茶婆が怒鳴っていたのを知ってか知らずか、奥方の世津はおっとりして座っている。

「片桐弦一郎と申します。お見知りおき下さいませ」

弦一郎は、まっすぐに奥方を見た。

世津は白い顔で頷くと、

「殿に代わってお願いいたします。内藤の家の台所は今、火の車じゃ。このまま放ってはおかれぬ。詳しい事情はこちらの若尾(わかお)からお話ししますが、どうか、この内藤家のためにご尽力下され」

世津は言い、側に控える年寄りの奥女中を目で促した。

て頷いた。

弦一郎が顔を若尾に向け、軽く若尾に会釈を送ると、若尾も弦一郎に膝を回して頷いた。

若尾の鬢(びん)には白いものが混じっている。体つきはどっしりしているが、その眼差しにはせっぱ詰まった険しいものが見受けられた。

若尾は、低い声で弦一郎に言った。

「片桐どの。そなたにこの屋敷の用人をお願いしたのは、奥様でございます。どうか、奥様をお助け下さいませ」

丁寧な物言いだった。

「先ほど増川どのから、殿が病に伏せっておられると聞きましたが……」

弦一郎は若尾に聞いた。

「はい。長い間心の臓を患っておられまして、医師からはいろいろとご心配をなさるのが、なによりお体に障ると申し渡されております。奥様は用人がいなくなってからというもの、お一人で表も奥も差配なさって参られました。ですが近頃ではその荷も重く、せめて若殿様のご婚儀を迎えるまで手助けが欲しい、そう申されまして……それで、そなたのような然るべき人を御用人としてもとめられたのでございます」

若尾は神妙な顔で言い、言葉を切った。ふっと顔をくもらせてさらにつづけた。

「片桐どの、ただいまも奥様がおっしゃいましたとおり、今年に入って、御用人、若党をはじめ、奉公人が次々と暇をとりました。今この屋敷に残っているのは、奥の女中では私と、こちらの梅と申す者」

若尾は側に座す若い女中を目顔で示すと、

「後は若党の増川と、知行所から連れて来た中間が二人、台所女中が二人、そして代々この屋敷で炊飯を係としている下男が一人、奉公人はそれで全てでございます。皆この屋敷に起居しておりますので、何かご用がございました時には、遠慮なくお使い下され」

若尾は言った。

その時、廊下に荒々しい足音が立ち、弦一郎たちが居る部屋の前を慌ただしく過ぎた。

「お待ちなさい、辰之助どの」

世津が慌てて呼びかけた。

男の足音が廊下の向こうで止まり、すぐにこちらに戻ると、黙って廊下に立った。すらりと戸が開いて、若い武家が顔を見せた。

「辰之助どの、こちらは、当屋敷に用人として来ていただきます片桐どのです。ご承知おき下さい」

世津は、武家に弦一郎を紹介した。

「片桐弦一郎と申します」

弦一郎は一礼して顔を上げたが、辰之助の顔を見て驚いた。

「……」

辰之助も驚いて言葉を呑んだ。

なんと辰之助は、先日雨の降る日に、履き物問屋の奉公人、房吉を襲った若侍三人のうちの一人で、切れ長の目をした男だったのである。

「片桐どの、若殿様をご存じでございましたか」

若尾が二人の様子を訝しく思ったらしく、怪訝な顔をして聞いてきた。

「いや、初めてお目にかかります。知人のご子息によく似ておられたものですから……」

弦一郎はごまかした。すると、

「出かけてくる」

辰之助は言い捨てて、逃げるように玄関に向かっていった。

「どう思われました？……辰之助様のことですよ」

若党の増川三平は、玄関脇の小部屋に弦一郎が顔を出すと、にやりとして言った。

増川三平がいるのは、家士の詰め所だった。

用人が執務する部屋は、この部屋とは別に隣にあった。だが弦一郎は今日はそちらは覗いただけで、三平や他の奉公人と顔合わせをして帰宅するつもりでいる。

若尾の依頼は、早い話が借金まみれの家計を整理して、今後立ちゆくようにして欲しいというものだったが、内藤家の借財がどれ程あって、年貢が幾ら入っていて、そして支出はどれだけあるのかなど、書類を検討してみなければ予測もつかなかった。

そこで弦一郎は、明日までに関連する記録書類を用意してくれるよう若尾に頼み、その後若尾に連れられて、奥で伏せっている内藤家の当主内藤孫太夫を見舞ったのである。

期限を切って用人をお願いした片桐弦一郎殿だと、若尾が伏せったままの孫太夫に紹介すると、孫太夫は顔を弦一郎の方に向け、黙って頷いた。

長患いのせいか顔は青白く、頰も肩も痩せていた。

印象深かったのは、「片桐弦一郎でございます」と挨拶をした弦一郎を見た孫太夫の目に、縋るような色が宿っていたことだった。

家政や家族を心配しながら伏せっている孫太夫の懊悩が伝わってきて、弦一郎は身の引き締まる思いがした。

――この家の苦境を、あの辰之助とやらは何と心得ているのやら……。

孫太夫の部屋を辞し、廊下を引き返しながら、その時弦一郎は辰之助に憤りを覚えていたが、いま目の前にいる三平も、辰之助の行いには不快な思いを抱いているようだった。

とはいえ、辰之助がどんな人間なのか、確かめるのはこれからである。弦一郎は三平に言った。

「どうと聞かれてもな、まだ顔を合わせただけだ。口もきいてはおらぬ」

「またまた……」

三平は笑ってみせたが、すぐに表情を硬くして、

「片桐どのもご覧になった青茶婆の一件ですが、あれは間違いなく辰之助様の借金ですぞ」

苦々しく言った。

「そうか……しかしいったい、若殿は幾ら借金をしているのだ」

「さあ……殿様に断りもせず、勝手に外で飲み食いした遊蕩の金らしいですからね、本人でなければ見当もつかないのではないでしょうか。今日の青茶婆の取り立ても、あれは青茶婆が手に入れている証文だけの話ですから、他にも借金があるんじゃないですかね。そうでなくても随分前から当家の台所は火の車だったのです。お陰で奉公人は満足に給金も貰えなくなって、一人二人とこの屋敷から出て行ったという訳です」

「では今この屋敷に残っているおぬしたちも、手当は貰ってはいないのか」

「貰ってはいますが雀の涙ほどです。私だってどこかに良い条件の奉公先があれば、すぐに移りたいのが本当の気持ちです。ただ中間や下女たちはみな知行地から年貢の代わりに連れて来た口減らしの者たちですから、給金を払わなくても屋敷を飛び出すことはないのですよ」

「相当の困窮ぶりだということは察しがついた。すると、用人が辞めたのも手当が滞ったからなのか」

話を聞けば聞くほど、大変な屋敷にやって来たものよと、弦一郎は用人を引き受けてしまったことを後悔し始めていた。

「いや……片桐殿は何も聞かなかったのですか」

三平は顔を寄せて小声で言った。

「何だ、何をだ」

「先の御用人は、何者かに殺されまして……」

「何、殺されたとは？……この屋敷の内で殺されたのか」

「いえ、出向いて行った知行所でのことです。もっとも、殺されたと思っている
のは私だけかも知れませんが……」

三平は声を潜めた。

半年前のことだった。

内藤家の用人小池豊次郎は、家政の赤字を埋めるために知行地の武蔵国葉山村
に旅立った。

年貢とは別に、今まで目こぼししてきた副産物に税をかけ、金を納めさせよう
としたのである。

ところが、その小池は村に入ってすぐに知行所内を流れている小川に落ちて亡
くなったと知らせが来た。

そこで三平と中間の松蔵(まつぞう)が、遺体確認のため知行所に赴いたが、名主以下村役人たちは、用人は事故で亡くなったと口を揃えて言ったのである。

村人たちの話では、小池豊次郎は村に到着したその晩に、神社の堂内で行われた百姓の寄り合いに出た。毎年この時期には、一年の豊作を願っての祭りがあり、夜は会合が行われることになっていた。

その会合に出た用人豊次郎は、内藤家の台所事情を説明した。金の無心をしたのである。

すると、百姓たちは村の実情を訴えてその話を敬遠した。

ただ話は祭りの場所でのこと、挨拶がわりの軽い応酬で相手の意を探り合っただけで、その日の話は終わった。それでその晩は、ささやかな酒宴となった。

小池豊次郎は下戸(げこ)だったが、村人たちに勧められて何杯か飲んだらしい。

豊次郎は、すぐに酔っぱらった。宿舎である名主の家に引き上げると言い出して、一人で神社を出た。

五百石の内藤家の領地は葉山村一村だけである。内藤家の家士が当地に役所を構えるほどのものではなく、そのお役は名主が請け負っていたから、内藤家から出向いた者の滞在先は名主の家となっていた。

神社の宴にはむろん名主も出席していて、後に残る自分の代わりに、村の者に家まで送らせると言ったらしいが、豊次郎はこれも断ったのである。

豊次郎は用人である。気配りの出来る人だった。始まったばかりの宴の雰囲気を、酔っぱらいの自分のために壊してはならないと考えたようである。

実際豊次郎は、そのような言葉を口走っていた。何人もの村人が聞いている。

そうして豊次郎は一人で神社を出た訳だが、その晩、名主の家には戻ることはなかった。

夜遅く帰宅した名主が、用人がまだ戻ってないことを知り、村人総出で豊次郎を探したが見つからず、朝方になってようやく、小川のほとりですでに息絶えている豊次郎を見つけたのであった。

豊次郎は独り者だった。村で荼毘に付すことも検討されたが、三平は荷車に乗せて連れ帰ってきた。

豊次郎には妹が一人いて、浜町堀沿いの高砂町にある酒屋『播磨屋』に嫁入っていると聞いていたからである。

果たして妹のお杉は、三平に厚く礼を述べ、父母が眠る墓地に、豊次郎を葬ったのであった。

「片桐殿……私が、殺しではないかと疑いを持ったのは、用人殿の両手の指の爪に、人の皮膚のようなものが挟まっていたからです」

　三平は声を潜めた。

「すると、誰かと争ってのことだと、そういう事か。用人殿の体にはそれらしき傷があったんだな」

「いえ、ひっかき傷一つありませんでした。それで誰もが、無理に飲んだ酒のせいで小川に落ちて心の臓の発作が起きたのだろうと……でも私の疑いは強かった。私は若尾様にはそのこと、お知らせしたのですが、翌日返って来た返事は、すでに知行所で事故と決定しておる、調べるに及ばずというものでした」

「はっきりした証拠があれば別だが、知行所とのもめごとは差し控えたい……そういうことか」

「はい。殿様はあの通り病（やまい）の床について久しい。若殿の辰之助様は勝手のし放題。そんな時に村から一文でも金を捻出させるためには、無用な疑いや争いは控えたい……家政を預かる奥様のお気持ちもわからないではないですが」

　三平はため息をついた。

　内藤家は家禄五百石、これの四割の二百石が実収入である。金額にしておおよそ二百両——。

ところが、内藤家は殿様が病に倒れたあたりから、家計が苦しくなったのだと三平は言うのである。

「不作が続いたこともあるようだが、主な原因は若殿ですよ」

と三平はまゆを顰(ひそ)めた。

「いつからそのようになられたのだ？」

弦一郎は三平の目を覗いた。

「去年の暮れからでしょうか。奥の女中だった美布(みの)という女子(おなご)が、突然この屋敷からいなくなった頃からですかね」

「ほう、それも初めて聞く話だ」

「美布殿は知行所の葉山村から来た台所方の女中でしたが、奥様に気に入られて奥の女中になった女子でした。ところがその美布殿に若殿様が惚れているらしいという噂(うわさ)が立ちまして、まもなくでした。美布殿がいなくなったのは」

——そうか、そういうことがあったのか。

弦一郎は若尾から、美布の話はなにも聞いてはいない。だが、辰之助の縁談が決まった話は聞いていた。

相手は御小納戸頭取千五百石、本多将監の三番目のおひい様である。

しかし、辰之助に思いを寄せる女子が他にいたとなると、放蕩を繰り返している辰之助の行いも、その辺りへの鬱屈かとも思われる。

内藤家を立て直すには、辰之助自身が自覚をもって身を正し、再建をしようとするその姿勢が求められる。

――いかにして辰之助に、内藤家継嗣としての自覚と責任を持たせるか……。

それが肝要だというのに、辰之助の外での非行の一端に出会ってしまった弦一郎にしてみれば、途方もない荷物を引き受けてしまったような、そんな気がした。

今更だが……道は遠そうだと、弦一郎は密かにため息をついた。

三

翌日、内藤家に用人用としてあてがわれた弦一郎の部屋に、若尾は早速これまでの出納の帳面のほか記録書を運んで来た。

弦一郎は、その帳面に手を添えると、若尾の顔をまっすぐに見て言った。

「若尾殿。正直なところ、それがしの力では、奥方の心配をすべて取り除くことが出来るのかどうか自信はない。ただし、引き受けた以上は全力を尽くす。それには少しも隠し立てがあっては先には進めぬと存ずるが」

「承知しております。なんでもおっしゃって下さいませ」

若尾は、神妙な顔で頷いた。

「まず一つは、この家の借金だが、細かいところはこれからこの帳面で拾いますが、ざっと若尾殿が把握されているかぎりで如何ほどですかな」

「はい。札差に百八十両と神田の骨董屋『黒木屋』に二十五両、合計二百五両でございます」

「すると、昨日門前で声を張り上げていた青茶婆の分は別の話ですな」

「はい」

「察するところ病はかなり深刻だ。これ以上の借金はお家の命とりになると存ずるが……」

「はい……実は奥様もそのことで心を痛めておいでなのでございます」

若尾は言い、奥様はいまや着物を新調するのも止め、食事も一汁二菜で通しているのだと言った。

「殿はご病気、家士にも十分な手当を渡せぬような内情ならば、なぜ奥方は辰之助様に一言申し上げないのだ。嫡男としての自覚に欠けるのではないかな。それとも、諫めることも出来ぬ何か弱みでもおありなのか」

弦一郎は若尾の目をひたと見た。

「片桐殿、何かお聞きになったのですね」

弦一郎は頷いた。

「お話ししましょう。いずれ若様への説得苦言をお願いしようと考えていたところでございますから」

若尾はそう前置きすると、奥様が若様に厳しいことを申し上げることが出来ない理由は二つあるのだと言った。

「一つは、若様は奥様の御子ではないのです……」

二十三年前のこと、奥方の世津が内藤家に来る前に、孫太夫が家の女中のおまきという女子に生ませたのが辰之助だった。

孫太夫の父は正妻として嫁して来る世津の気持ちを慮って、おまきと辰之助を、葉山村の名主藤兵衛に託そうと考えていた。

ところがおまきは、産後の肥立ちが悪く、辰之助がはいはいをする頃に亡くなった。

そうこうしている間に、そのことが世津のほうに知れてしまった。

孫太夫は、破談を覚悟してことの仔細を説明し、世津が受け入れられないのなら、辰之助は養子に出すことも考えている旨を伝えたのである。

だが世津は、辰之助を我が子として育てると伝えて来たのであった。

嫁いで来た世津にも、やがて男子が生まれて、その御子が内藤家の継嗣として届けられた。名を新之助（しんのすけ）と言った。

妾腹の子が先に誕生していても、家の跡継ぎにはなれぬ。それは武家社会の決まりごとであったが、二人の男子が長じると、俄（にわか）に女中たちの間に波風が立つようになった。

辰之助についている女中と、新之助についている女中が、何かにつけて争うようになったのである。

ついに、辰之助は妾腹の御子だと辰之助にささやいた者がいて、素直だった辰之助がひがみ、父親の孫太夫はとうとう息子二人に真実を打ち明けて武士の子としての分別を言い聞かせた。

ところが新之助八歳の時、御府内には痲疹（はしか）が流行し、まず先に十歳になっていた辰之助が、続いて新之助が罹患した。

世津は二人の病が回復するのを祈ったが、新之助が命を落としてしまったのである。

その後しばらく、世津は辰之助を自分の側から遠ざけた。世津もまた一人の母親だったのである。

無理もない話だったが、しかしこのことは、その後の辰之助に暗い影を落としてしまった。辰之助のほうが世津を避けるようになったのである。

むろん世津はその後辰之助を継嗣として認め、新之助に抱いていた期待と愛情を辰之助に注ごうとするのだが、成長期の、心身共に不安定な所にいた辰之助の心を、昔に戻すことは出来なかった。

孫太夫が元気な頃には、辰之助にこんこんと言い聞かせることもあったが、その孫太夫が病の床についてからは、辰之助はその孫太夫にさえ嫌悪の態度をあらわにするようになったのである。

「片桐殿、辰之助様は自分を生んだ母親が亡くなったのは、殿様のせいだと思っておられるようなのです」

若尾は、そこまで話すと太いため息をついた。

「それにしても、若殿はお幾つになられたのだ」

弦一郎は静かに顔をまわし、若尾の目をとらえて言った。

「今年で二十四におなりです」

「ふむ……して、もう一つの訳というのは、ここにいた美布という女子のことですかな」

「はい。殿様はかつてご自分が女中のおまきさんに与えた苦しみの二の舞をさせたくない、そう思われたのだと存じます。今の内なら何とかなる。そうお考えになった殿様は、美布に屋敷を去って村に帰るように引導を渡しました。ところが美布は村からいなくなった。そのことがわかって以来、辰之助様は御府内を探して……借金もそれでつくったのだと存じます。そういうことでございますので、今や辰之助様には、殿様も奥様も何も言えなくなってしまいまして。いえ、何を申し上げても、辰之助様は聞く耳を持たないと存じます」

ここに至っては、片桐様が頼りだと若尾は言った。

「ふむ」

弦一郎が頷いた時、三平が廊下に跪いた。

「ただいま北町奉行所与力神尾鎌次郎様のお使いの者が参りましてございます」

「何、神尾殿が」

「はい」

「片桐殿、神尾殿は当家と懇意にしている与力の方でございます」

若尾は不安な顔をして弦一郎を見た。

「内藤家用人、片桐弦一郎でござる」

一刻後、弦一郎は北町奉行所与力神尾と対面した。

神尾の使いの者は、辰之助たち仲間三人が町のならず者たちと喧嘩をし、町奉行所の手の者に捕まったと告げに来たのである。

弦一郎の内藤家用人としての初めてのおつとめは、町奉行所から若殿を引き取りに行くことだった。

大名家や旗本御家人は、町奉行所の管轄ではない。屋敷内は治外法権になっていて、町奉行所は踏み込むことが出来ないが、屋敷の外で起こした事件で奉行所の手に落ちた場合はこの度のように内々に屋敷に通知がある。

むろん重罪なら引き渡しを拒否される場合もあるが、軽微な罪なら与力が中に入ってくれて、身柄引き渡しに応じてくれることになっている。

弦一郎は丁重な物言いで神尾に頭を下げた。

「片桐殿、はっきりと申し上げておきましょうか」

神尾は扇子を帯から引き抜くと、難しい顔で言った。神尾は五十そこそこの男だった。頬骨の立った精悍（せいかん）な顔立ちに、鋭い目が光っている。老練の与力という印象を受けた。

「私も孫太夫様とは懇意の間柄、このような苦言は金輪際にしたいのだが、若殿が次になにか起こした時には、内々に済ませるという訳にはまいらぬ。先の御用人小池殿にも、その旨お伝えした筈でござるが……」

神尾は苦々しい顔をして言った。

神尾の話によれば、辰之助と連れ立っている二人は札付きの不良で、旗本御家人の子息だと言い、

「一人は御家人関根郷右衛門（ごうえもん）が次男関根貞次郎（ていじろう）、もう一人は旗本二百石城田英助（しろたえいすけ）三男友之助（とものすけ）、二人は以前から奉行所も目をつけている人物で、早晩評定所の厄介になるに違いない。早々に二人と手を切った方がよろしいかと存ずる」

くれぐれも若殿辰之助にはその旨言い聞かせるようにと神尾は念をおした。

弦一郎は、ふてくされた辰之助を神尾から引き取って奉行所を出たが、屋敷には帰らずに神田佐久間町（さくまちょう）にある煮売り屋『千成屋（せんなり）』に入った。

「おや旦那、お久しぶりでございます」

店の女将でお歌（うた）という女が愛想良く迎えてくれた。

千成屋は煮売りもするが、酒も飲ませてくれる店で、お歌は五十過ぎだが、手八丁口八丁の女である。

歯に衣（きぬ）着せぬやり手の女で、亭主を早くに亡くしたお歌は、女手一つで鬼政（おにまさ）と異名を取る岡っ引の政五郎（まさごろう）を育て上げた人である。

だが、万事そんな調子だから、政五郎の嫁とも折り合いが悪く、つかみ合いの喧嘩をしたあげく嫁を追い出したと、これは長屋の者たちのもっぱらの噂である。

情けないのは二人の喧嘩を見て見ぬふりをしていたという政五郎だが、嫁姑の問題は捕り物のようにはいかなかったようだ。

弦一郎がこの店の常連となったのは昨年の暮れ、武蔵屋で起きた事件がきっかけだった。

店先で行き倒れになった男を武蔵屋は助けて食事を与えたが、この男、その恩義も忘れて、居直り強盗となったのである。

武蔵屋から弦一郎の元に助けて欲しいと使いが来て、弦一郎はすぐに駆けつけて男を押さえた。

この時、男に縄をかけに走って来たのが政五郎だったのだ。

以後、政五郎母子には「旦那、旦那」と弦一郎はすっかり気に入られて、弦一郎もまたこの千成屋を重宝しているのであった。

「お歌、二階は空いているか」

弦一郎は段梯子の下から上を覗いて聞いた。

「ええ、空いてますよ。どうぞ」

お歌はにこりとして言い、

「旦那の好きなお芋の煮っ転がしがありますからね、すぐにお持ちしますよ。で、お酒はどうします?」

まだ陽も高い八ツ刻(午後二時頃)である。

「いや、酒はいい。煮っ転がしも話が終わってからでいい、飯と一緒に頂くとしよう」

「あいよ。じゃ、まずはお茶だけすぐにお持ちしますから、どうぞお上がりくださいな」

弦一郎が辰之助を連れて二階の小座敷にあがると、お歌は間をおかずに茶を運んで来て部屋を出て行った。

「さて、ここに来てもらったのは他でもない。二、三聞きたいことがある」

弦一郎は憮然として座っている辰之助に言った。

「言っておくが、俺は屋敷の外ではおぬしに敬語は使わぬ。内藤家の用人は日を限っての勤め、それにおぬしのためにはならぬからな」

「ふん……」

辰之助は勝手にしろと言うように顔を背けた。

弦一郎はしかし、そんな態度など無視して話を継いだ。

「それと、おぬしの返事のしようによっては、内藤家用人の仕事を辞しても良いと考えている。俺の話を聞けぬようでは、おぬしは内藤家の行く末がどうなってもよい、そう考えているとみなさなければならぬ。そんな間の抜けた家の用人など受けてもばかばかしい。そうだろう。当主たるべき者がその始末では、傭われ用人などが逆立ちしたところでしょせん悪あがきだ。さっさと辞めさせてもらう。そのつもりでいてくれ」

弦一郎は容赦なく畳みかけた。

この男には、少々の荒療治が必要だと思ったからだ。

案の定、意外に手強い……そんな驚きが辰之助の眼に走った。だがすぐに、開き直ったようなふて腐れた表情に戻った。

おそらく今まで若様若殿様とかしずかれて、屋敷の者から乱暴な物言いをされたことがなかったからに違いない。

弦一郎は辰之助をひたと見て言った。

「さて、まず肝心なことから聞こう。おぬしは内藤家五百石を何と心得ている。五百石の旗本の家が、もはやその格式を保てないほど家計が疲弊していることはご存じか」

「……………」

「答えろ！」

「詳しくは知らぬ。知らぬが困っていることぐらいは察しがついている」

ぶすっとして横を向いたままだったが、辰之助は答えた。

「ふむ、多少なりとも知っていて、その体たらくか……」

「……………」

「父上殿は病に伏し、母上殿はおろおろして行く末を案じているというのに、おぬしは町へ出てならず者と喧嘩をし、あちらこちらで借金をし、この間などは危うく人殺しまでするところであった。武士が刀を腰にしているのは何のためか。

弱い者を虐めるためのものではないぞ」

「俺には俺の考えがある。俄に用人として入ってきたお前などにわかるものか」

「何を考えているというのだ？……言ってみろ」

「父も母も俺に期待などしてはおらぬ。俺は厄介者だ」

「ほう、それで……」

「俺にとやかく言うのは家のため、妻となる人の家に気を遣っているからだ。妻となる人は多額の持参金を持って来るらしいからな」

「結構なことじゃないか。俺も若尾殿から聞いた。御小納戸頭取本多将監がご息女とは、五百石の内藤家には過ぎた妻ではないか」

「ふん。行き遅れた娘だと聞いた。それもすこぶるの醜女だそうだ」

「ふふっ」

弦一郎はつい笑った。

「何がおかしい」

「見たのか、そのおひい様を」

「見るものか。見たくもない」

「ならば、醜女だとどうしてわかる……いい加減なことを言うものではない」

「人から聞いたのだ。間違いない」

「わかった、あの連中だな。関根貞次郎と城田友之助……若殿も与力の神尾殿から聞いていると思うが、二人の話は信じぬほうがよいな」

「何」

辰之助は険しい眼を向けた。まるで自分が蔑まれたように気色ばんだ。

「百歩譲って本多の娘を迎えるとしても、父と母の仕打ちは許されぬ」

「美布という女中のことだな」

「ふん。内藤家の用人になったばかりなのに、俺の身辺は調べ済みか……そうだ、俺は美布を妻にしたかった。それなのにその美布を俺の知らない所に追い出してしまったのだ。虫も殺さぬような顔をして、お前はまだわかってないようだが、母上は俺が幸せになるのを邪魔したいのだ」

「馬鹿な……いいか、美布に暇を出したのは親父殿だ。母上殿ではない」

「嘘だ」

「嘘なものか。疑うのなら親父殿に聞いてみろ」

「じゃ、美布は今どこにいる。俺が町に出て借金をする羽目になったのも、美布を捜し出したい一心だったのだ」

「どこまで目出度く出来ているのだ、おぬしは……親父殿がそうしたのは、全ておぬしと、美布のためだ。自分と同じ轍を踏ませたくなかったからだ」

「……」

「おぬしを生んだ母上殿と同じ悲しみを美布にさせたくはない、そう思ったからじゃないのか。親の気持ちもわからずに情けない男だな」

「許せぬ」

辰之助は、膝を立てるといきなり拳を振り上げた。

「目を覚ませ！」

弦一郎は振り下ろしてきた辰之助の腕をねじ上げた。

「放せ」

「いや、放さぬ。女子のことで切ない思いをしているおぬしの気持ちはわかる。だが、それもこれも内藤家あってのこと、今若殿がやるべきことは、病にある親父殿に代わって、いかにして傾きかけた御家を立て直すか、そうではないのか」

「いいんだ。それぐらいのことで家が立ちゆかぬようになるというのなら、それも運命」

「馬鹿者」

弦一郎は、さらにぐいとねじ上げた。

「痛いよ、放せよ」

「何が運命だ。武士が浪人として世に放り出された時の情けなさがどんなものかもわからず、知ったような口をきくんじゃない。そこまで言うのなら甘えて家にしがみついていることはない。縁を切って浪人になってみろ。おぬしの言うとおり、そんな考えの子息など内藤家には不要だ。おぬしが縁を切って家を出て行けば、内藤家はしかるべき所から養子を迎えればいいのだ。そしておぬしは浪人となる。だがな、言っておくが、この世で身過ぎ世過ぎの出来ないお前など、すぐに悪に手を染めて、一年もたたぬうちに司直の手に落ちることになる。保証するぞ。それだけの勇気があるのならやってみろ」

弦一郎はねじ上げていた腕を、突き放した。

「あっ……」

辰之助は、畳の上に両手をついた。辰之助は余程腕が痛かったのか、俯いたままの不格好な姿勢で、弦一郎に捻られた腕をさすっている。

弦一郎は、その横顔に言った。

辰之助の生い立ち、父親孫太夫の苦しみ、母親世津の思いやりや哀しみをこんと、弦一郎は厳しく言い聞かせたのである。

家政がしっかりしていれば、美布のこともまた別の手当も出来る。第一亡くなったおぬしの母親が、今のおぬしの行いを知ったらどれほど悲しむかよく考えろこんと言い聞かせた。

「武士が、守るべき家を失ったら首がないのと同じことだ。どのような厳しい条件の中にあっても、家が存続するということは、どれほど恵まれたことか……俺など主家が突然改易となり、改易の騒動の一端を担って（にな）いたとして妻の父親も妻も自害して果てた。俺自身に何か不都合があった訳ではない。それでもこの有様だ。内藤家は、おぬしの心がけ次第でまだ浮かぶ瀬もある。それを放棄すると言うのならそうすればよい。ただし言っておく。いったん失ったものの取り返しはつかぬ。それを忘れるな」

「弦一郎……」

顔を上げた辰之助の顔に動揺が見てとれた。

四

「旦那、鬼政でございやす。起きていらっしゃいますか」

お歌の息子で岡っ引の鬼政が弦一郎の長屋を訪ねて来たのは、その晩のこと、四ツ（午後十時頃）は過ぎていた。

弦一郎は行灯（あんどん）の灯を引き寄せて筆耕に精を出していた。

内藤家の実情を知れば知るほど、口入れ屋の万年屋金之助が言うような、三月で三両などという報酬が手に入るとは思えなかった。

筆耕の仕事でこつこつでも小金を手にしておかなければ、内藤家の用人どころではない。自身の明日の暮らしが立ち行かないことになる。

そう思いながらも、千成屋の二階で見せた辰之助の微かな心を、なんとか後押ししてやりたいと考え始めている弦一郎であった。

「おう、鬼政か、入ってくれ」

弦一郎は戸口に顔を回して返事をすると、やりかけの仕事の手を止めて鬼政を迎え入れた。

「遅くなりやして済みません。調べで品川まで行っていたものですからね、せっかく旦那に店に来ていただきやしたのに失礼いたしやした」

「何、こっちの用事は親分にとっては余計なことだ。気にすることはない」

「旦那……おふくろに叱られやしたよ。どこをうろうろしていたんだとね。何しろおふくろは、あの強盗騒ぎのあと、今年の正月明けに店で転んで足の骨を折った時、旦那にお世話になりやしたでしょ。旦那が医者を呼んできてくれて手当をして貰ったことがありやしたが……あれから、さらに旦那、旦那で、あんな気だてのいい御武家様は見たことがないってね。ですから今日も、旦那がお前に頼みたいことがあるとお出でになったのにこんな時間まで何をしていたんだと、あっしが岡っ引だということを忘れちまったような顔をして、普段はお前から岡っ引の仕事をとったら何にもないんだから励め励めと小うるさいのに、まったく……」

鬼政はそんなことを言いながら、抱えてきた酒と折箱に入った御菜を弦一郎の前に出した。

「おふくろの差し入れです」

「すまぬな。遠慮なく頂くぞ」

弦一郎は鬼政を手招きして上にあげ、ぐい飲みの盃を二人の前に置いた。

「それじゃあ、あっしもご相伴いたしやす」

鬼政は二人の盃になみなみと酒を注ぐと、ぐいとうまそうに飲んだ。

だが口にしたのはその一杯だけで、盃を下に置くと、

「旦那、旦那は内藤様の御用人の仕事をお引き受けになったんですってね」

膝の上に手を置いて弦一郎を見た。

「あっしの用事というのは、それに関わる話ですかい」

「そうだ。お前にも仕事がある。手が空いたところでいいのだが、頼まれてくれるか」

「ようがす。ほかでもねえ、旦那の頼みだ。岡っ引の仕事は仕事。やらせていただきやす」

「助かる。俺一人では手に余るのだ」

弦一郎はこれまでの経緯を話し、

「お前に調べて欲しいのは、美布という女中の行方だ」

と言った。

「承知しやした。やってみましょう」

鬼政は快く弦一郎の顔に頷いた。

「仕事に差し障りのないところでいいぞ」

「なあに、どうせいつも何だかんだと調べておりやす。そんなに手間のかかることではございやせん」

「すまぬな。大いに助かる」

「何をおっしゃいますか。あっしは嬉しいのでございやすよ。しかし旦那もたいそう厄介な仕事をお引き受けなすったものでございやすね」

「おゆき殿に頼まれてはな……」

弦一郎は笑った。

「はは、なるほどおゆきお嬢さんですか……しかし、あの人もお気の毒なお人でやすねえ。大商人の娘さんだから幸せな縁組みをしたかというと、そうではない。望んでもいない先に嫁ぎ、我慢が出来なくなって嫁ぎ先を飛び出してきちまったんですから」

「………」

「いや、人ごとではございやせんや。あっしも女房とご存じの通り離縁となりまして……世の中うまくいかないものでございやすよ。あっしも今は愛情を注ぐのはもっぱら植木というていたらくでございやすがね。それでも植木市なんかで仲の良い夫婦ものを見た時なんぞは、なぜもっとあいつを庇ってやらなかったのかと後悔することがございやす。ですから、おゆきお嬢さんも今度こそいいお人を見つけて」

鬼政はしみじみと言い、そこでふと思い出したように、

「旦那、そういやぁ、おゆきお嬢さんがおっしゃっておりやしたよ。今度嫁ぐとしたら旦那のようなお人にしたいって……」

「鬼政、いい加減なことを言うな」

弦一郎は慌てて遮(さえぎ)った。

「へっへっへっ、じゃ、あっしはこれで」

鬼政はごまかし笑いをして立ち上がった。

——鬼政め、いい加減なことを言いおって……。

鬼政の足音が長屋の路地から遠ざかるのを確かめてから机に向かったが、筆は取らずに、文机の下に置いてある文箱(ふばこ)を引き寄せると、かつての国で暮らしている母からの手紙を取った。

その手紙には、江戸に出てこないかという弦一郎の誘いを断ってきた母の思い

が綴られている。

母は、息子との暮らしを望みながらも、生まれてからずっと暮らしてきた故郷を、この年になって離れることは出来ないと書いてあった。母は今、新しい領主に仕官がかなった義兄の家で暮らしている。

何度も読み返していて、手紙を手に取るだけで、息子と離ればなれに暮らすことを選んだ母の切ない気持ちが伝わって来る。

それはまた、弦一郎が突然自分を襲った不幸の連鎖を思い出すことでもあった。思い出したくも認めたくもない苦い過去ではあったが、ここにこうして一人で暮らしているというその事実は紛れもない。主家を失い、国を失い、家を失い、妻を失ったことは夢ではなかった。

そう……弦一郎にも相思して暮らしていた妻がいたのである。

三年前のことだった。

片桐弦一郎は、安芸津藩五万石で百五十石を賜り、御小姓衆として勤めていた。妻の名は文絵（ふみえ）、執政笹間十郎兵衛（ささまじゅうろうべえ）の娘であった。

父親同士が若き日に道場仲間だったこともあり、また、二人も相思の仲だったこともあって、若い二人は波風のない幸せを嚙（か）みしめていた。

ところが一緒になって一年が過ぎようとしていた頃、弦一郎は江戸勤務を申し渡された。しかも、御留守居役見習いとしての大抜擢で、弦一郎は文絵を国元に残して江戸に出てきた。

文絵との間にまだ子は生まれておらず、それが心残りだったとはいえ、二度と会えぬというものでもない。弦一郎の頭の中では、妻や子のことより立身の糸口をつかんだ幸運で一杯だった。

その幸運も文絵の父親が執政だったという事と無縁ではないかもしれぬ。そう思えばなおさら、その期待にこたえなければと思った。

何しろ、藩の御留守居役ともなれば、幕閣、旗本、各藩との外交交際、その他最新の情報収集など、安芸津藩の窓口としての活躍が期待される。

例えば、元禄の頃に起きた、かの有名な赤穂浪士の事件は、藩の御留守居役の不手際だったと言われているほど重要なお役目である。

この、先々藩の命運を背負うことになるお役目に、弦一郎は心躍らせた。

ところが、弦一郎が江戸の藩邸に入って一年近くが過ぎた頃、藩主の右京太夫が病の床についた。頃を見計らったように国元で不穏な動きがあると知らされる。

藩主と正妻との間には姫一人しか育っておらず、次期藩主の座をめぐって争いが起きたのだった。

正妻が生んだ姫の婿を推す者たちと、国元で妾腹に生まれた幼い男子を推す者たちとで、国はまっぷたつに割れたのである。

どちらに属してもいない弦一郎たちは、ただはらはらしてこの藩の騒動を幕閣に知られぬように注意を払っていたが、国元の執政の一人が殺されたことから事は公になり、即刻藩はお取り潰しとなったのである。

あろうことか悲劇はそれでは収まらなかった。

文絵の父笹間十郎兵衛が、この世継ぎ問題に深くかかわっていて、幕府の裁断に抗議して切腹して果てたのである。しかも、嫁に行った娘の文絵まで実家に呼び寄せて、一家郎党命を絶った。

弦一郎の母龍野は何も知らずに嫁を実家に送り出し、文絵の死を知らされたのは、目付からの使いだったのだ。

片桐家に迷惑はかけられぬ。文絵は片桐家の玄関を出たところで離縁したということにして欲しいと、父親の十郎兵衛の遺言が残されていたという。

弦一郎たちも江戸の藩邸を二日後には追い出されて、藩士たちは皆ばらばらになってしまった。

妻の死を悲しむ暇もなく、弦一郎たちは明日からの糊口を凌ぐ手段を考えなくてはならなかったのである。

――せめて江戸に詰めていなかったら、自害して果てるぎりぎりまで一緒にいられたものを……いや、俺が側にいたら妻を死なせたりするものか。

弦一郎はいまだにそんな思いに囚われる。

妻が離れて国にいるという寂しさと、もはやこの世にいなくなったという寂しさとでは雲泥の差があった。

しかも十分に愛おしんでやることが出来なかった無念は、たとえようもない。

だからこそ弦一郎は国には帰らなかったのである。むろん帰ったところで仕官の道がある訳ではない。

「ふむ……」

弦一郎は母からの手紙を箱に戻した。

どこからか夫婦の諍う声が聞こえてくる。

現実は壁一つ隔てた長屋の暮らしの中に弦一郎はいる。弦一郎は俄に、内藤家用人として思いをめぐらせていた。

「旦那、今なんとおっしゃったんですかね。このおきんの耳には、今少し借金の返済は待ってくれ、そのように聞こえましたが……」

青茶婆は、廊下に腰を据えたまま体を捻って、敷居際に座す弦一郎を見返した。

内藤家に出仕した弦一郎を待っていたのは、先日門前で鉦太鼓を叩いて、借金を返せと大声を張り上げていたあの女だった。

名をおきんと言い、懐に差し挟んで来た辰之助が作った借金の証文を廊下に並べて見せたのである。

「そうだ、その通りだ。お前には気の毒だが、当家は逆さに振っても血も出ぬありさま、秋の収穫まで待ってくれぬか」

「冗談じゃありませんよ。それじゃあこっちはおまんまの食い上げだ。一両でも二両でも貰わないことには帰れませんね」

「そうか、ならばそこにいろ。こちらは構わぬゆえ、ゆっくりいたせ」

弦一郎は立ち上がった。青茶婆を相手にして刻を過ごすほど暇ではない。調べなければならない帳面が、机の上に積まれていた。

「言っておくが、おきん。俺に脅しは通用しないぞ。お前もその証文を手に入れた時から、全額手に入るとは思ってもいまい。うまく脅せば手に入るが、逆に一文も入らぬ紙切れ同然の証文になることだってある筈だ。その証文は全額回収を諦めた貸し主がお前に安く譲り渡した物だからな。それを、も少し待ってみてくれと言っているのだ。理不尽な話でもあるまい。それとも何か、お前の言い分はともかくとして、奉行所に突き出しても良いのか。目に余る取り立てをした青茶婆で捕まって牢屋に放り込まれた女もいるぞ」

弦一郎は脅した。借金はした者の方に非があるのは間違いないが、ここでおきんに騒がれては、立て直しの妙案も浮かばぬというものだ。

「ちっ、脅しをかける用人なんて初めて会ったよ。内藤家に傷がつくんじゃござんせんか」

「言っておくが、俺は渡り用人だ。いつ暇を出されてもいい身分だからな」

弦一郎は笑った。

「負けた。ここは一番、旦那にゆずるしか手がないようだ。ですが旦那、いつかこの借りは返して貰うよ」

おきんはそう言うと、にやりと笑みを返して帰って行った。

「弦一郎、すまぬ」

声の方に振り返ると、辰之助が立っていた。

「これは若殿」

「そこの帳簿を調べ上げたら私に報告してくれぬか」

「承知しました」

弦一郎が頷くと、辰之助は軽快な足音を立てて奥に向かった。

弦一郎の胸に喜びが駆け抜けた。

この日は終日これまでの金の出入りを丹念に拾ってみた。

それによると、内藤家の領地である葉山村には大百姓小百姓合わせて四十一軒、そこから上がって来る年貢は二百石、金にして二百両である。

ところが、ここ数年不作が続いて二百石の年貢が百八十石という年が二年続けてあった。

一方支出はというと、まず無役である内藤家は小普請金が年間六両、亡くなった用人小池の給金が年六両、その他の使用人が、若党二人、中間四人、下男が二人で年間九両、そして女の使用人の分が、奥の女中以下六人で十三両二分、薪炭などが八両、塩醬油味噌魚野菜などで二十五両、殿様奥様若殿の衣料が十五両、小遣いが三人で二十両、贈答その他が五両、先祖の祭礼などの予備費が十両、殿様の薬礼が三十両、そして積もり積もった借金の返済が利子込みで毎年八十両ほど支払っていて、他にも寺や神社などへの寄進としての出費もあり、支出額は二百両を優に超えていた。

不足の分は、年貢米を買い取って貰っている札差から、さらに金を借りるという繰り返しを続けていた。

だから借金の総額は年間の収入額を超えていて、現在二百六十両ほどが焦げついていた。

その上に、青茶婆がいう辰之助の借金三十両近くがある。

内藤家は破産寸前だと思った。

弦一郎は大きなため息をついて帳面を閉じた。

――これでは俺の手当など見込めぬ。

御府内の商人たちは、一日にして千両を稼ぐと言われているご時世である。大店の使用人なら手代でも年間百両、五十両と稼ぐと聞く。

弦一郎は強い疲労感に襲われていた。

浪人とはいえ弦一郎は武士の端くれである。

目の前のこの武家の惨状を見て、今更放って置ける訳がない。

焦げついた借金をなんとか出来れば、内藤家の再生は可能だと思った。

むろん支出の額を抑えることも肝要だが、辰之助が件（くだん）の息女と祝言を挙げれば、息女が持参した金で、焦げついた借金も何とかなるやも知れぬ。

内藤家は全く道を閉ざされたとは言えまい。

――おや。

弦一郎は帳面に挟んである紙片を見つけて取り上げた。

先の用人小池の走り書きのようだった。

それによれば、葉山村には新田があり、まだ年貢を課してない生糸の生産があるのだと記してあった。

――そうか、小池という用人は、このことで葉山村に出向いたのだと弦一郎は察した。

小池の走り書きが本当なら、いずれ葉山村に出向かねばなるまい。

しかし、それにしても家計の再生のめどをきちんとつけてからだと考える。やみくもに村にかけ合っても、村人は百姓虐めとしかとらないのではないか……。

弦一郎が腕を組んだ時、

「御用人様、お客様が玄関でお待ちでございます」

年老いた下男の升吉がやって来て言った。

「客人の名は？」

「それが、岡っ引の鬼政だと申しております」

「鬼政……」

「はい。こちらにお通しいたしますか」

「いや、いい」

弦一郎は手を挙げると玄関に向かった。

五

「弦一郎の旦那、この店です。このあたりにある料理茶屋では結構評判のよい店でして」

内藤家から弦一郎を案内してきた鬼政は、元町の『花房』とある店の前で立ち止まると、弦一郎を振り返った。

「ふむ」

弦一郎も立ち止まって、黒塀をめぐらした華奢な格子戸の二階屋を見渡した。

まもなく六ツ（午後六時頃）の鐘が鳴る夕暮れ時、辺りには、扇子を片手に女連れで茶屋に繰り込む旦那衆や立派な身なりの武家たちの姿が、掛行灯の光の中を往き来する。

しかも、遠く近くに大川で上げる花火の音が聞こえていて、ここはいかにも別世界、借金の返済だの、お家がどうなるなどという世界ではない。恵まれた人たちの遊興社交の場所だった。

「確かにここにお美布がいるのか」

「へい、女将に確かめてあります。話は通してありますから……」

鬼政は先に立って格子戸を開けた。

「女将にな、鬼政が来たと伝えてくれ」

出てきた女中に鬼政が伝えると、すぐに二人は奥の小座敷に案内された。

女中は茶を運んで来ると、

「お美布さんはお客様と船で花火見物に出かけております。しばらくお待ちくださいませ」

と言う。

二人は空き腹に茶を流し込み、お美布の帰りを待った。

庭の一角にある石灯籠に点した明かりが、周りの前栽をおぼろに映し出している。

弦一郎はぼんやりとして、心許ないその景色をながめていたが、

「いつからここに勤めているのだ」

鬼政に顔を向けた。

鬼政は、たばこ盆を引き寄せて煙管を咥えていたが、大きく煙を吸い込むと、煙管の首を盆の縁に打ちつけて、

「女将の話では今年に入ってからと聞いていますがね」

手際の良い手つきで、煙管を筒に仕舞いながら弦一郎に言った。

「すると、内藤家を出てすぐという訳ではないな……」

弦一郎は独りごちた。

「その辺りは調べておりやせんが、田舎から出てきて一度この江戸で暮らせば、なかなか昔の暮らしに戻るのは難しい。帰るに帰れずあちらこちらの店で働いているうちに、足を踏み外す娘が多いんでございますよ。お美布と若殿との間柄がどれほどのものだったか知りやせんが、ままならぬ身を嘆き、それでその気持ちをいやそうとして、男相手のこのような店に勤めたのかも知れやせん。贅沢をせ

ず、静かに暮らそうと思えば、他に職は幾らでもありやすからね」

鬼政が、人の心配を駆り立てるようなことを言った時、廊下に足音が立ち、部屋の前の廊下に色の白い女が膝をついた。

「お美布でございます」

両手をついて挨拶をすると、女はするりと部屋の中に入って来た。

夜目にも映える退染（あらぞめ）の着物を着ている。お美布は、敷居際に正座すると、

「お待たせを致しました。私に何をお聞きになりたいのでございましょうか」

黒目がちの目で、弦一郎を見て、鬼政を見た。

「いや、お前さんに用があるのは、こちらのお武家様だ。片桐様とおっしゃる。内藤家の御用人だ」

「内藤家の……」

お美布は驚いたように口ごもった。

「怖がらずともよい。用人といっても俺は期限を切っての渡り用人、難しい話で参ったのではない。また、そなたをどうこうしようというのでもない。内藤家の用人を務めるにあたってそなたのことを知ってな。少し話を聞きたくて参ったのだ」

「……」

「他でもない。若殿、辰之助殿のことだ」

弦一郎が若殿の名を出した途端、お美布ははっとして俯いた。

「若殿はそなたが屋敷から黙って姿を消したと、血相を変えて捜していてな。そなただから隠さず申すが、そのためにあちらの店こちらの店で金を借りた。そなたへの気持ちはわかるが、今はお家の大事、慎んで頂かねばならぬ。それでそなたを、この者に頼んで捜して貰ったのだ」

弦一郎は、伏せている白い顔に言った。

「どうか若殿様には、私がここにいることは内緒にして下さいませ」

お美布は小さい声で言った。だが、顔を上げると、

「私、殿様と約束したのです。二度と内藤家には近づかないと……田舎に帰って静かに暮らすと……そういう約束で殿様からお金も頂戴しておりますので……」

「田舎には帰らなかったのか」

「帰りました。でも……田舎の暮らしは貧しくて、私がこうしてこの江戸で働いてお金を送らないと食べてはいけないのです」

「殿様から頂いた金では凌げなかった、そういうことだな」

「家には借金がありますから」

「そうか、それほど田舎の暮らしは大変なのか」

「はい。私の家は小百姓です。父も母も亡くなりまして兄夫婦が田畑を耕しておりますが、ここ数年の不作で年貢も名主様からお借りして納めております。それに、兄夫婦の子供たちもまだ幼くて……」

「そういう事情なら、内藤家の仕打ちを恨んでおろうな」

「いえ、感謝しています。私、本当なら殿様にお手討ちになっていたかも知れませんもの」

「何……何があったのだ」

「昨年の夏の頃でした。内藤家では天候を見計らって蔵の物を虫干しいたしますが……」

お美布は顔をこわばらせて言った。

内藤家は開府当時から徳川家に仕えていた家臣で、五百石を賜った時に、狩野（かのう）派の絵師が描いた墨絵の布袋図の掛け軸を神君家康公から下賜（かし）されて、家宝としていた。

むろん、その他にも鎧（よろい）や武具、茶道具や蒔絵（まきえ）を施した品々など蔵の中は貴重品ばかりで、当日は奥女中の若尾の指揮で、神経を張りつめた一日を過ごすことになる。

女たちは着物の裾を短く着て、襷をかけ、裾や袖が諸道具に当たって傷つけたりしないように、細心の注意を払うのであった。

先年までお美布は、蔵から宝物を出した後の、蔵の中の掃除を任されていた。ところが昨年は、諸道具の埃を払ったり、日の陰りを見て道具を箱におさめるお役も言いつけられた。

その年の春から奥方に認められて奥女中に昇格していたからである。

若尾は念を入れてお美布に言った。

「よいな。何度も申すが、砂一粒の傷もつけてはならぬ。もしも粗相をして大切なお宝に傷をつけたならば、そなたの命を差し出したところで済むものではない。お家断絶の憂き目をみるやもしれぬ」

若尾は、特に掛け軸は大切な物だから、終日掛け軸から目を離してはならぬ。側に座って監視せよという。

お美布は縮み上がった。

当時は奥の女中がお美布を入れて三人いたが、他に下女中が三人、それに蔵の物を運び出したり仕舞い込んだりする時には、用人や若党中間たちが加わった。

とにかくこの日は、家の奉公人は総出で当たったのである。

蔵から道具を出して日陰に干し、蔵の中を掃除したところで昼食となった。

だがお美布一人は、掛け軸を干してある廊下で下女中が運んでくれた握り飯を食べた。

掛け軸は廊下の柱に垂れ下げて虫干しをしていた。

のどかな日和で風も弱く、掛け軸は時折小さく左右に揺れていたが、お美布はそれを見詰めている内に睡魔に襲われた。

緊張のしっぱなしで、ほっとしたのかも知れない。お腹も膨れていたから、それもあったのかも知れないが、ほんのしばらくうとうとしてしまった。

はっとして目を開けたのは、猫の声を聞いたからだった。

「あっ」

目を開けたお美布は真っ青になった。

黒猫が垂れ下がった掛け軸の裾を前足で引っ掻いていた。

掛け軸が小さく揺れるのにじゃれついて、手を出したのだ。

「しっ！」

お美布は慌てて追いやると、掛け軸に駆け寄った。

布袋の絵に傷はなかったが、画紙の裾にかすり傷があった。

「ああ……」

お美布はそこに泣き崩れた。

若尾が戻って来れば、謝って済むことではない。

お美布は顔を上げると庭に下りた。そうして掛け軸に向いて正座をすると、静かに息をして、懐剣を抜いた。

自害して詫びるほか方法はないと思った。

――せめて自分が死ぬことで、内藤家がこうむる汚名は軽くなるかもしれない
……いや、そうなってほしい。

お美布は祈りながら目をつむり懐剣を喉に当てた。

だがその時、

「待て！」

お美布の腕を強い力で鷲づかみにした者がいる。

「馬鹿な真似は止めろ」

若殿辰之助が、お美布の手から、懐剣を奪っていた。

「若様」

「引っ掻き傷くらい何だというのだ。これは傷という程の物ではない」

「でも」

「大事あるものか。いざという時には俺が若尾に言ってやる。猫は俺が拾って来た。その猫がじゃれただけだとな。それで良かろう」

「……」

「いいか。こんなことで命を絶つなどと馬鹿げている。そうとは思わぬか。早くこれをしまっておけ」

辰之助は、お美布の手に懐剣を渡したのである。

「若様……」

「約束しろ。このことで命を粗末にしないとな」

辰之助は優しい笑みを湛えて、お美布を見た。

「片桐様」

お美布はそこまで話すと、熱い目を弦一郎に向けた。

今でも思い出せば体が凍りつくような経験だったが、辰之助の温情を思い出した時、お美布の胸には赤い灯が点るようである。

——辰之助もそうだが、お美布も辰之助を慕っている。

弦一郎は、そう確信した。

しかしお美布は、

「若殿様のご温情、私は忘れません。でも、若殿様とはそれきりで、お屋敷の皆様が案じていらっしゃるようなことなど何もございません」

きっぱりと二人の仲を否定した。

「しかし、そなたはそうでも若殿は違うらしい。周りの者はそれを感じたからこそ縁談が持ち上がった時、暇を出されたのではないかな」

「……」

「ずっとここで働くつもりか」

「はい、他に行くあてもございませんし」

お美布は小さく笑った。

弦一郎は、わざわざお美布の居場所を捜し当てて、会いに来たことを後悔し始めていた。

お美布に会って若殿のことは諦めて欲しいと引導を渡すつもりだった。だが、目の前にいるお美布は、辰之助への思慕を心の奥に閉じこめて、必死に暮らしているのである。

「お美布、自分を見失うことのないようにな。そのうちに若殿には、ここで元気に暮らしていると伝えておこう」

「いいえ、どうぞもう、放っておいてくださいませ。私も内藤家にご奉公していた者、内藤家の事情は心得ています。私は遠くから若殿様のお幸せをお祈りしております」

お美布は何処までも健気（けなげ）だった。

弦一郎が鬼政と座敷を後にしたのはまもなくだった。

二人を座敷に案内してくれた女中が、客がお美布を待ちかねていると告げに来たからである。

――おや……。

玄関に向かう廊下を渡りながら、弦一郎は離れの座敷に入って行く武家の客二人を見て立ち止まった。

「旦那、どうかしましたか」

鬼政が怪訝な顔を向けてきた。

「いや、人違いかも知れぬ」

弦一郎はそう言ったが、座敷の中に消えた二人の武家は、神田川に架かる和泉橋の袂で、雨の日に、履き物問屋浜田屋の手代房吉を手打ちにしようとした、あの男たちだった。

北町の与力神尾が不良侍だと名指した、関根貞次郎と城田友之助に違いなかった。

俄に嫌な予感に包まれた。

——まさかとは思うが……。

一抹の不安を抱いて店の外に出ると、

「お待ちくださいませ」

先程お美布を呼びに来た女中が追っかけて来た。

「私、お常と言います。お美布さんとは気があって何でも話し合う仲なんですが、お美布さんのことで聞いて欲しいことがあります」

真剣な顔をして言った。

「わかった、話を聞こう」

弦一郎は頷いた。

「女将さんに少しの間、時間を頂いて来ました。すぐそこの、両国橋の袂に水茶屋があります。そこでいかがでしょうか」

お常は、はきはきした娘だった。

三人は連れ立って、お常がいう橋袂の水茶屋に入った。

大川は川開きをして久しい。たいそうな賑わいである。

鉦や三味線を鳴らして往き来する屋根船や屋形船は言うに及ばず、様々な船が明々と灯を点して、これも負けじと賑々しい。

三人が腰掛けた茶屋からも、そういった光景は楽しめる。

だがお常は、そんなことには見向きもしないで、弦一郎の顔をまっすぐに見詰めて言った。

「私、悪いと思ったのですが、お美布さんがお武家様に話していたことを隣のお部屋で聞いてしまいました。お美布さんは嘘をついています」

「ほう……」

「お美布さんは若殿様を本当にお慕いしているのです。私と若殿様の話をする時はいつも辛そうな顔をして、目にいっぱい涙を溜めて……でも、若殿様とは天と地ほどの身分の差があります。それをわかっているからこそ、好きでも何でもなかったんだと自分に言い聞かせているんです」

「……」

「若殿様は殿様に、妻にするのなら美布しかいないとおっしゃったのだそうでございます。それでお美布さんは殿様から暇を出されたのだと聞きました」

「……」

「それで、お美布さんは葉山の田舎に帰ったのですが、口減らしのために売られてきたんだって言ってました」

「売られて来た……すると、ここには誰かが連れて来たのか」

「連れて来たのは女衒の人らしいけど、花房という綺麗な店で働けばお金になると言い、田舎まで行って兄さんに耳打ちしたのは、お武家の関根様だと聞いています」

「それはまことか、間違いないな」

弦一郎の胸に新たな疑惑が点じていた。

「はい」

お常はそれを察知したのか、不安な顔で頷いた。

「いやなに……先程離れの部屋に入って行く武家二人を見て、どこかで見たことがある者たちだと思ったのだが、やはり関根だったのか」

弦一郎は暗い気持ちになっていた。あの二人が親切心で働き場所を世話する筈がない。

「関根はよく来るのか」

「はい。いつもお美布さんをご指名です。お美布さんにお客様を紹介して下さるのも関根様ですから、お美布さんは有りがたがっていますけど、なんとなくですが恐ろしいような気がして……」

「旦那、聞けば聞くほど妙な話ですね」

黙って聞いていた鬼政の目が光る。

「私、お美布さんが関根様にどうにかされてしまうのではないかと心配なんです。売れっ子の仲居の中には、しまいに誰かさんのお妾さんにされてしまう人もいますから、お美布さんがそんなことになってはと、それで……」

「わかった。なにかあったら知らせてくれ。この鬼政に知らせてくれてもいいぞ」

弦一郎は言い、内藤家の所と、念のために自分の長屋と鬼政の店も教えた。

六

内藤家の空気が変わった、と弦一郎が感じたのは、借金先の札差『倉田屋(くらた)』に利子の軽減を求め、以後の返済も緩やかなものにして欲しいと申し入れをし、約束を取りつけた頃だった。

それまで内藤家は、年率一割二分の利子を支払うために元金の返済が滞り、しかも不作の年には新たな借金をするために、年々雪だるま式に借金の額は増え続けていたのである。

弦一郎はこれを、向後三年間は無利子、その後は一割の率にして欲しいと申し出た。

倉田屋はむろんすぐには首を縦に振らなかった。

その背景には、噂で聞く若殿の放蕩があったのである。

「若殿は変わられた。今年の秋には本多将監様の御息女との縁談も調う。そうなれば舅(しゅうと)殿の引きでお役につくことも叶うであろう」

弦一郎はあれもこれも強調して、ここでこちらの条件を呑んで貰わねば内藤家は破綻するがそれでも良いか、そうなればそちらには一文も入らぬぞと脅しをかけた。

結局倉田屋は、渋々だがこれを了承したのである。

驚いたことに若殿辰之助は、家の帳簿に目を通し、領地の新田の規模など父親の孫太夫に聞いたりして、その姿勢には明らかにこれまでとは違ったものが見えていた。

「片桐殿、そなたのお陰です。殿様もほっとなさっておられますぞ」

用人部屋に若尾が押しかけて来て言った。

「いや、これからです。殿様の薬礼は別にして、ご家族の衣服代、お小遣い、全て切りつめていただかねばなりませぬ」

「そのことですが、若殿が今朝奥様とお話し合いになりまして、承知いたしております」

「ほう……」

弦一郎の顔が思わず綻んだ。

料理茶屋で働いているお美布のことも、機を逸してまだ辰之助には知らせていなかった。

健気なお美布のために、いつかは二人を会わせてやりたいと弦一郎は考えていたのである。

辰之助はお美布のことは忘れたように、家計の立て直しに躍起になっている。かつての悪友たちとも縁を切ったとみえ、外出はしなくなっていた。

「御用人、客人です」

若尾が笑みを残して去ると、若党の三平が顔を出した。

「客人？」

「花房とかいう料理茶屋のお常という娘です」

三平は、にやにやして言った。

「何を勘違いしているのだ。そういう話ではない」

弦一郎は立ち上がった。

「そういえば、先程は若殿に使いが参りまして」

「若殿に？」

「関根とかいう人からの手紙を持って来たのですが」

「何、それを若殿に渡したのか」

「はい」

「で、若殿はどうされておるのだ」

「お出かけになりました」

「どちらに参られた」

「わかりません。何もおっしゃいませんでした」

――しまった……。

弦一郎は嫌な予感に襲われた。

――お常がやって来たことと何か関連があるのかも知れぬ。

弦一郎は玄関に急いだ。

「片桐様、お美布さんをお助け下さいませ」

お常は、弦一郎の顔を見るなり言った。

「何があった」

「お美布さんが関根様から呼び出しを受けたんです」

「いつのことだ」

「今日です。暮れ六ツに柳橋にある船宿『月の屋』に来るようにって」

「お美布は行くつもりなのか」

「はい。断れないと言うんです。花房に紹介してくれたのも、お客様からの指名をたくさん貰えるのも関根さんのお陰だって言うんですもの。でも私は、関根様が乾物問屋の若旦那と昨日こそこそ話しているのを見ていましたから、何か恐ろしいことが起きるんじゃないかって心配で、だって、若旦那は何度もお美布さんに妾にならないか、なんて迫っていた人なんですから」

「わかった。柳橋の月の屋だな」

弦一郎は念を押した。

月はまだ出ていない。

だが、船宿や料理屋の行灯の灯が、河岸(かし)通りを明るく照らし、神田川に架かる柳橋の南側には、大川に接する河口の辺りまで屋根船猪牙舟(ちょき)が、立錐(りっすい)の余地もない程繋がれているのを映し出している。

夜の川遊びを楽しむために、あるいは吉原やその他遊興の場所に繰り出すための船であった。

やって来た辰之助は、河岸地によしず張りの店を出している飲み屋に入った。

「よう」

店に入ると、関根が手を上げた。微かに笑みを浮かべているが、その目には、待ち受けていた獲物を視界にとらえた時のような興奮が見える。

関根の側には城田が座っているが、こちらも薄笑いで辰之助を迎えた。

「美布を見つけたとは本当か」

「うむ、まあ座れ」

関根は目の前を顎で指した。

「しばらくだな辰之助」

関根は辰之助に盃を持たせると、なみなみとそれに酒をついだ。

自ら盃を上げ乾杯するような仕草を見せて、

「どうだ。俺たちと縁を切って屋敷で退屈してるんじゃないのか」

「美布はどこにいるのだ」

「慌てるな、これから面白いものを見せてやるぜ」

関根はくつくつ笑うと、その顔を河岸に向けた。

店から河岸は一目に見える。船に乗る船頭や待合いの客が、ちょっと酒を片手にその時刻を待つ、そういう店だから河岸に浮かぶ船全体を見渡せるようになっている。

特に三人が座っているのは河岸側で、船がよく見渡せた。

「その、月の屋という提灯がぶら下がっている屋根船の中を見ていろ」

関根は言った。

辰之助は顔をそちらに向けた。

船には柔らかな光が満ちている。女の姿が見えた。俯き加減に思案顔で座り、誰かを待っているようである。

ふわりと女が白い顔を上げ、河岸通りに視線を投げた。

「美布」

辰之助は驚いて腰を上げた。

「待て、動くな」

関根が小さな声で一喝した。同時に辰之助の腕は城田の腕に強い力でつかまれていた。

立ち上がろうとする辰之助を、身動き出来ないようにしたのである。

「何をするんだ。放せ」

「いいから見物しろ」

関根が怖い顔をして言った。

河岸に、月の屋の法被（はっぴ）を着た若い衆が、一人の客を案内して来た。どこかの若旦那のようである。

淡い青の鮫小紋の羽織を長く着て、暑くもない日というのに手には扇子を持っている。

若い衆は、船に若旦那が乗り込むと、店に引き上げて行った。

「あっ、若旦那」

驚いて迎えるお美布の声が聞こえて来た。

若旦那が何か口走りながら、お美布の側に座って、いきなりお美布の手を取った。

「止めてください」

お美布がいきなり立ち上がった。船が揺れてお美布が倒れ込んだ。

若旦那が覆い被さるようにお美布の体を後から抱いた。

「美布」

辰之助は、城田の手をふりほどいて外に走り出る。

関根がにやりと笑って城田に頷くと、辰之助の後を追って外に出た。

「美布！」

必死に男をはねのけようとしている美布に、辰之助は岸から声をかけた。

「若殿様……」

お美布は叫ぶと同時に、満身の力で若旦那を突き飛ばして、船の舳先にはい上がって来た。

「早く」

辰之助がその手を取って岸に上げた。

追っかけて若旦那も船から上がって来ると、

「その手を放せ。今夜は私が買った女だ」

狂乱したように叫んだ。

「何」

辰之助は驚いてお美布を見た。

お美布は激しく首を振って否定した。

「そこの、関根様から五両で買ったんだ。今晩はお美布さんも私の言うなりになってくれると約束済みだと」

若旦那はまた叫んだ。

「関根……」

自分の後にやって来た関根を、辰之助は怒りの顔で振り返る。

関根は冷笑を浮かべて言った。

「若旦那、作り話をしてはいかんな。その女はこの男のいろだ。お前は、他人の女に手を出そうとしたのだ。ただではすまんぞ」

「何を言うんですか関根さん。あなた様がお膳立てしてくれたではありませんか」

「知らんな。武家のいろに手を出せばどうなるかわかっているな」

「関根さん、何を言っているのだ」

辰之助は怒りの目を関根に向けた。

関根はそれには答えず若旦那に言った。

「大目に見てやる。その代わり金を出せ」

「私をだましたのですね、関根様。それじゃあ美人局じゃありませんか」

若旦那は、唾を飛ばして言った。

「まあ、世間ではそう言っているらしいが……出すのか出さねえのかどっちだ。返事によっては」

関根は刀の柄に手をかけた。

「止めろ」

辰之助が、若旦那を庇うようにして立った。

「ほう、言っておくが俺はお前のために金を作ってやろうとしたまでだ」

「嘘だな。こんな非道なことばかりして、だから私はあなたと縁を切ったんだ。しかし美布が見つかった、面白いものも見せてやるからなどと使いが来て、心配しながらここに来てみたら案の定だ。まさかお美布を使って美人局をしようとは、許せん」

辰之助は関根の胸に飛び込むと、その頰をはり倒した。

鈍い音がして関根は一瞬よろめいたが、

「ふっ」

両足を踏ん張って立ち直すと、

「善人面して言うんじゃねえぜ。そもそも内藤家を追い出された、このお美布を花房で働けるようにしてやったのは俺だ。その俺に……」

関根は側にいる城田に合図を送った。

城田は刀を抜いた。

「若殿様」

お美布が叫んだ。

「離れていなさい」

辰之助はそう言うと、自身も刀を抜いた。

「死ね」

構える間もなく、城田の一閃が飛んできた。

辰之助はこれを撥ね返すと、

「逃げろ」

お美布に叫んだ。

だが、踵(きびす)を返したお美布の前に走り込んだ関根が大手を広げて立ちはだかった。

「関根様」

「純情面して何だ。若旦那のいいなりになっていれば良かったものを……」

関根は冷たく笑った。

辰之助が剣を城田に構えたままで、お美布に近づいてその手を取った。

「逃げるぞ」

一瞬お美布に視線を流したその時、いきなり関根が抜刀して斬りかかって来た。

「危ない」

辰之助は、お美布を突き放してその一閃を受け止めたが、関根はすぐに第二閃を斜め上段から打ち込んで来た。

「あっ」

体勢を整える間もなく、辰之助は避け損なって腕を斬られて蹲った。

「若殿様」

走り寄ろうとしたお美布の手を関根がつかまえた。

だが、その刹那、

「手を放せ」

関根の手をねじ上げた者がいる。

「お前は……」

振り仰いだ関根は、驚愕の声を上げた。

弦一郎が鬼政と鬼政の下っ引二人を従えて立っていた。

「仔細はこの目でしかと見たぞ。鬼政、しょっぴいて牢にぶち込め」

「承知」

鬼政が返事をするや、弦一郎は関根の腹に一撃を見舞った。

「神妙にしろ」

鬼政が下っ引と素早く縄をかける。

「ああ……」

後退りする城田に、弦一郎は走り寄ってぐいと睨んだ。

「お、俺は、関根さんに言われて……」

城田は剣をそこに投げた。

「手間を焼かせやがる」

鬼政が城田にも縄をかけた。

「じゃ旦那、あっしはこれで」

鬼政は、下っ引に縄を引かせて去って行った。

「若殿様」

お美布が辰之助に走り寄った。

「美布、辛い目に遭わせてすまぬ」

辰之助は、お美布の手を取った。

「いいえ、若殿様のせいではございません。私の不注意でございます」

「屋敷に帰ろう。父上には私から頼んでみる」

「いいえ、私は花房に戻ります」

「ならぬ。私と一緒に帰ってくれ」

「若殿様、申し訳ありません。お気持ちは嬉しいのですが、私にはお屋敷に上がる前に二世を誓ったお人がいたのです。その人の気持ちを裏切る訳には参りません。どうぞ、若殿様も奥方様を迎えられて、お幸せにお暮らし下さいませ。美布は、美布は、遠くから若殿様のお幸せを祈っております」

お美布はそう言うと、袖で顔を覆って走り去った。

「美布！」

追いかけようとした辰之助の腕を、弦一郎がつかんでいた。

「放せ弦一郎」

「若殿、お美布の気持ちがわからぬのですか」

「弦一郎……」

辰之助は、弦一郎の顔を見た。

弦一郎は言った。

「健気にも内藤家の行く末を案じているのだ。俺に言えることは、一刻も早く若殿がお家の家計を立て直すことだ」

「しかし……」

「案ずるな。お美布はその時が待てぬ女子ではない」

弦一郎は、辰之助を見詰めて頷いた。

「頼む、弦一郎」

辰之助は頭を下げた。

だが、その顔には強い決意が現れていた。


「雨のあと」（『白い霧　渡り用人 片桐弦一郎控』第一話）

収録作品一覧

春塵 ――『ふたり静 切り絵図屋清七（一）』 文春文庫

遠花火 ――『遠花火 見届け人秋月伊織事件帖（一）』 講談社文庫

永代橋 ――『雪の果て 人情江戸彩時記（三）』 新潮文庫

雨のあと ――『白い霧 渡り用人 片桐弦一郎控（一）』 光文社文庫

解説

菊池仁（きくち めぐみ）
（文芸評論家）

本書『江戸のいぶき』は『江戸のかほり 藤原緋沙子傑作選』（二〇二二年一二月発売）に続く待望の第二弾である。最初に、作者がシリーズものに込めた執筆姿勢とその思いを説明しておこう。

時代小説が現代小説と違うのは、歴史の場を借りて日々人の生きる姿勢を描くところにある。歴史の場を借りることにより、登場人物が自由な舞台を与えられ、作者の思いを最適な形で読者に届けることが可能となるからだ。既成の枠にとらわれない自由な発想と展開が可能になる。

作者は江戸の町を舞台として借りることで、時代や場所がどこでも変わらない人々の営みや心の機微、要するに喜怒哀楽を描こうと決意した。そのために重要なのは、想像力を駆使し、独自性の高い物語世界を創ることである。

独自性の第一が、江戸時代を映す鏡として格好な職業のユニークさに着眼したことである。

第二が、江戸情緒を醸し出す情景を重視し、そのかおりやいぶきに力点を置いた文章を綴ってきたことである。周囲で失われつつある生活の原風景を自己の内部に取り込み、発酵させてきたことを示している。これはそのまま作者が発信する、閉塞感で押しつぶれそうになっている現代社会へのメッセージでもある。

これを参考に第二弾の本書でも、作者の思い入れの深いシリーズと、その中から極上の市井人情ものの世界を厳選した。


「切絵図屋清七」シリーズ第一巻『ふたり静』――春塵

このシリーズのモチーフについて著者は次のように書いている。

《「熙代勝覧」といって、江戸日本橋で、お店がどんなににぎわっていて、往来する人たちがどんな格好をしていたかを、こと細かに絵図にしたものもあります。私は、そういうものを、切り絵図の中に重ね、江戸の町を想像しながら小説を書いています。春には、切り絵図を一生懸命つくる人たちの話もひとつ書いてみようかなと思っています。》（「私の好きな藤沢周平作品」より）

作者はさらりと語っているが、ここには大胆な発想の転換がある。作者は切り絵図で江戸の町を想像し、その時代の姿と人生ドラマを平面図から立ち上げる手法をとってきた。同シリーズでは、逆に切り絵図に江戸の人々の喜怒哀楽を刷り込み、その制作に携わる人々の内奥をともに描くという立体的な手法を考案し、斬新な物語を紡ぎだしている。

着眼の良さが光るシリーズである。江戸末期に尾張屋版本所絵図を制作した尾張屋清七がモデルとなっている。全六巻で、古地図ファンや江戸の町を知りたい人にとっては魅力的な世界が展開する。図上の距離、方向や屋敷地面積などは必ずしも正確ではないが、絵図には江戸の町にある各種施設が記入され、示された道筋をたどれば目的地に到着できるようになっている。大都市江戸に不慣れな人々にとっては重宝なものの上に、下書きされた地図を絵師が仕上げるだけに、美しい彩色により江戸土産として珍重された。

主人公・長谷清七郎は、複雑な生い立ちから生家を離れ、絵双紙屋・紀の字屋に出入りして筆耕などで生計を立てている浪人。彼が紀の字屋の主・藤兵衛から店を譲りたいという話を持ち掛けられるところから物語は動き始める。すんなりと話は進まず、刀を捨てて町人になることを反対する生家との確執がのしかかる。加えて、清七郎が店を継ぐことに強い反感を持っている与一郎との諍（いさか）いもある。与一郎は紀の字屋の仕事にかかわる一人で、安価な土産物の浮世絵を描いている絵師。さらに商品の配達や集金を一手に任されている小平次との関係もある。ことは複雑に絡まっており、この三人のもつれた関係がほどけていく過程が読みどころとなっている。

清七郎を突き動かして決心させたのは、かつて父親の長谷半左衛門が用済みとなった古資料を納戸にしまうのを清七郎が手伝っていて見つけ、もらった『御府内往還其外沿革図』であった。巧い仕掛けである。作者自身が切り絵図の出来上がるのを楽しみながら書いている姿が行間から立ち上がってくる。

「見届け人秋月伊織事件帖」シリーズ第一巻『遠花火』――遠花火

作者は、市井人情ものを手掛けるにあたり、物語の根底に職業を据えた。職業の持つ特性、スキルに注目し、そこから透けて見えてくる人間ドラマを描いてきた。本シリーズはそんな作者だからこそのアイデアが満載されたものとなっている。

第一話の「遠花火」は、独創性溢れた題材だけに熟考し、推敲を重ねたことが窺える秀逸な書き出しとなっている。特にだるま屋の主人・吉蔵の人物造形がいい。年中袖なし羽織をひっかけて、頭には茶人が被るような頭巾を被り、顔つきや体軀には似合わない粋人の装いをしている名物男。吉蔵は陽がのぼると、店のある御成道の往来に座り、世情の風説、柳営の沙汰、ありとあらゆるこの江戸における出来事をかき集め、日記として記し、さらにはその写しを諸藩や商店などに回覧し、あるいは譲ったりして、その対価を収入としていた。吉蔵が座っている場所は、この世のありとあらゆる情報の集合と発信の通り道であり、浮世通りとも呼ばれている。時は幕末、激変の予感が漂う不安感を抱え、あわただしく蠢（うごめ）く江戸の町が透かし見えてくる。面白くなることを予感させる書き出しである。

もうひとつ作者は特筆すべき仕掛けを施している。見届け人の存在である。見届け人とは、吉蔵のところに持ち込まれた情報が、正しいのか正しくないのか、はたまたその情報の正体を正しく押さえて、吉蔵に報告する役目である。シリーズものの勘所（かんどころ）を押さえた練達の技がひと際冴えた仕掛けと言えよう。ここには視聴率を上げるためや、販売部数を伸ばすために、事の真偽には蓋（ふた）をして、未確認の情報を垂れ流し、狂奔（きょうほん）しているマスゴミ、失礼、マスコミへの作者の皮肉も込められているのだろう。

この見届け人が秋月伊織。大身の旗本で御目付の秋月隼人正忠朗の弟というのが味噌である。すらりとした体軀で、たとえようもない色気が漂う。二十代後半。見届け人の資格である欲に左右されないうえに、剣術も柳生新陰流の師範の免状を持つ腕前。どうもこの男性像は読者向けというより作者の好みの反映か？

伊織が扱う第一の事件は、西山藩が鉄砲武具店に預けた由緒ある国友鉄砲が消失したというもの。国友は堺、根来と並ぶ鉄砲の産地として有名である。戦国時代の激戦の陰で活躍したテクノクラート集団である。文中に名が出てくる国友一貫斎は、空気銃をはじめ反射望遠鏡、万年筆、ポンプなども考案し、太陽黒点の観察を何度も行っている優れた技術者であった。

「人情江戸彩時記」シリーズ第三巻『雪の果て』――永代橋

本作は、「人情江戸彩時記」という副題が添えられた『月凍てる』、『百年桜』に続くシリーズ第三弾である。職業を物語の根底に据えたシリーズものとは、明らかに一線を画するモチーフによって書かれている。例えば、『月凍てる』は原題の『坂ものがたり』が示すように、坂がモチーフとなっているし、『百年桜』は川・渡し場をモチーフとしている。

作者は職業を根底に据えて、そこに群像ドラマを展開する手法を駆使し、シリーズ化という枠を越えることに成功した。要するにシリーズ化を自らの小説手法を耕す肥やしとしてきた。

しかし、この手法だけでは限界もある。同質化というリスクもある。熟考の末、たどり着いたのが作者の特質でもある情景描写を活かすもの。つまり、江戸情緒を彷彿(ほうふつ)とさせる風景や佇まいであり、なおかつ人情交差点としての機能を備えている場所。それが坂であり、川・渡し場であった。ともに江戸の町の特徴を有している重要な要素で、江戸情緒を醸し出す格好の舞台装置である。いずれも読者が感情移入をしやすい回路として作用する。この試みは見事に成功し、作者の小説手法にはさらに磨きがかかった。

問題は第三弾に何を持ってくるか。この本には四つの短編が収められている。冒頭の「雪の果て」を別にして、第二話「梅香餅」、第三話「甘酒」、第四話「永代橋」を含めて三編とも女手一つで商売を営んでいるところに共通点があり、特色となっている。つまり、括りを場所ではなく女手一つという人にすることで、物語に込める精神性がより深いものとなっている。

「永代橋」のおきわは、永代橋崩落の当日、五歳の嫡男彦太郎と、三歳年上の先妻の娘おいとを連れて、富岡八幡宮の祭に来ていた。ところがおいとが崩落事故に巻き込まれ行方不明となる。それが原因で夫と離縁し、おきわは喪失感を抱えて生きている。

作者は、彼女を貧しさからくる現実や、市井の歪みによって起こった事件に晒(さら)すという設定を敢えて取っている。真の狙いは過酷な現実と向き合う気力と、それを超えていく意思の強さを描くところにある。そのためには生活力が必要となる。そこで仕掛けとして施されたのが商売である。商売が繁盛するために何が大切なのかも描かれている。見事の一言に尽きる練達の技と言えよう。

「渡り用人 片桐弦一郎控」シリーズ第一巻『白い霧』——雨のあと

「隅田川御用帳」「橋廻り同心・平七郎控」に続く、シリーズものの第三弾である。第三弾だけに職業を何に設定するか、作者の力量が問われたのは言うまでもない。苦心の末、思いついたのがトラブル解決屋の存在である。

第一巻『白い霧』の「あとがき」で作者は、本シリーズのモチーフについて次のように語っている。

《世間の敬意を受けることはなかったものの、いわば時代の落とし子として、時代の波の合間を闊達に泳ぎ回った、そんな人たちの代表として『渡り用人』という一風変わった人物に光を当ててみました。

幕末に近づけば近づく程、武家の家計は苦しくなります。収入はさしてかわりがないのに物価は上がる。暮らしが贅沢になり支出が増える。結局使用人を減らしたりして対応する訳ですが、武家は体面も保たねばならず、家を仕切ってくれる用人が必要です。

ところがこの用人が、きちんと雇えなくなった武家がある。そこに臨時に雇われて行くのが『渡り用人』なのですが、この用人の目を通して、武家社会の、あるいは農村の、あるいは市井の暮らしが覗ければいいなと考えました。》

読むとわかるように作者には、武家社会と庶民を繋ぐものが欲しかった。その役割を担うものとして設定されたのが渡り用人である。

主人公・片桐弦一郎は、安芸津藩五万石で一五〇石を賜る御小姓衆であったが、結婚して間もなく、江戸上屋敷詰めの御留守居役見習いに抜擢。ところが次期藩主の座をめぐる御家騒動で、藩は改易になり、国元に残してきた妻と義父は自害して果てた。突然の改易で世の無常と悲哀を体験した弦一郎は浪人となる。長屋に住み、筆耕の請負仕事をしていた弦一郎に、渡り用人の仕事が飛び込んできた。御留守居役見習いの経験を持つ弦一郎にはぴったりのアルバイトである。最初の請負用人の仕事は、旗本五〇〇石の内藤家・嫡男辰之助をめぐる揉め事の解決で、

「雨のあと」には弦一郎の鮮やかな解決ぶりが描かれている。

雇われ用人として、苦しい内情ながらも体面だけを重んじる武家屋敷の立て直しと、市井の縺れた事件を人情味豊かに始末する弦一郎は、新たなヒーローと言えよう。力説したいのは、本シリーズは幕末の世相を切り取った誰も描かなかったもう一つの幕末ものであるということである。

二冊のアンソロジーを編みながら、何故、藤原ワールドにこんなにも惹かれるのか、という想念が次々に浮かんでいた。強力な磁場があり、それに引き込まれていったのは確かである。その磁場とは、心の機微や自然の美しさを写し取る筆力、舞台装置としての時代選定の確かさなどである。ようやく納得できたのは、描いている世界は小さいが、江戸の町を往来する人々の足音や息遣いに寄り添う執筆姿勢の美しさであるということだった。

著者あとがき

小説家になって二十年になりました。

その間に手がけた文庫のシリーズを、こうして紹介して下さることは、私も当時を思いだして有り難く思っています。

ひとつの物語を産む時の苦しみと胸の高まりは、一言で表すことは出来ませんが、執筆してきたどのシリーズも、どの一編にも格別の思い入れがあります。

今日はこの本に掲載された四作について、どのような考えで執筆に至ったのかを、少しお伝えしてみたいと思います。

まず「春塵」ですが、これは「切り絵図屋清七」という切り絵図作成に携わることになった若者の、苦労と喜びを描いたものです。

切り絵図は江戸の町を約三十箇所に切り取って描いた絵図のことですが、有名な神社仏閣、商店、武家屋敷などが一目で分かるよう工夫されています。

主人公は清七という勘定組頭を父に持つ男ですが、女中の腹から生まれた子で、父の正妻からは使用人同然に扱われ、今や屋敷を出て浪人暮らしをしている者です。

この本の執筆で頭を悩ませたのは一編目の「春塵」の書き出しでした。

さまざま思案している時に、夫の友人が宅に参りまして、何の話からそうなったのか、幼い頃に祖父から兄とは差別されて育てられた話をしてくれました。

兄にはりんごや饅頭などを与えるのだが、自分にはいっさい与えてくれなかったことを……。終戦後の話とはいえ、おいしそうに饅頭を食べながら歩いて行く兄の後ろ姿を、夫の友人は腹を空かして追っかけていたようです。

私はその話を伺った時、これだ！……と思ったものです。

清七には正妻の倅、腹違いの兄がいるのですが、幼い頃より清七は兄弟としての扱いを受けていなかったのです。

兄との間にあった差別を、どのように表現しようかと考えていたところでしたので、私はすぐに夫の友人に許可をいただき、「春塵」の冒頭、兄と清七との情景を執筆することが出来ました。

その夫の友人も数年前にお亡くなりになりまして、このたび「春塵」を読み返し、しみじみと当時を思いだしてしまいました。

「遠花火」は「見届け人秋月伊織事件帖」の一巻目の一編ですが、このシリーズも必ず書いてみたいと考えていたものです。

幕末に御成道で筵（むしろ）を敷き、素麺箱を机代わりにして、世上の風説、柳営（りゅうえい）の沙汰などを書き遺した須藤由蔵（すどうよしぞう）の膨大な記録書「藤岡屋日記」から物語を紡いでいます。

見届け人とあるのは、由蔵が記録した真否を確かめる人物として登場させたのですが、この見届け人という言葉をひねり出すのに結構な時間を要しました。今でいう事件記者のような存在として設定しました。

この「遠花火」の巻に掲載されている話ではないのですが、第六巻の『夏ほたる』を脱稿して担当編集者のSさんにお渡しした時、

「涙がこぼれてきました」とおっしゃっていただき、私も切ない思いで綴ったものでしたから、こちらの思いが通じたと嬉しかったことを思い出します。

「永代橋」は小説新潮に掲載し、後に文庫の「人情江戸彩時記」シリーズ第三巻

の『雪の果て』に載っている一編です。

この話は、文化四年八月に起きた永代橋の崩落に巻き込まれた女の波乱の人生を描いたものですが、やはり書き出しをどうするのかと腐心しました。

いかに永代橋の崩落の惨事を伝えるか……そこで考えついたのが、どこからか分からないが毎年老婆が現れて、供養をかねて崩落の惨事を語り伝えるという場面を冒頭にもってきました。

原稿を脱稿して送った時に、当時の担当編集者Fさんから、「冒頭の老婆の話、面白いですね」とおっしゃっていただいて、この時も嬉しく思ったことを思い出します。

また作中で主人公の女が「離縁する時には、人はひとつの道しか見えず、他に道はないものと考える」と胸の内で述べるところがありますが、これは離縁に限らず何においても、越してきた道を振り返った時に感じる今の私の心境です。

最後に掲載されている「雨のあと」は、光文社文庫で始めた「渡り用人片桐弦一郎控」の一編です。

主人公を片桐という「渡り用人」にしたのは理由があったのです。

それまで私は、さまざまなシリーズものを書いて来ていたのですが、大名屋敷や旗本屋敷の奥の話やその他内部の話などは、江戸の司直の手が届かぬ所であったために、同心ものや浪人ものの小説では描くことが難しかったのです。デビューしてまもない頃に『花鳥』という大奥にまつわる凄まじい権力闘争に巻き込まれた月光院や絵島の話を書きましたが、以後は市井の話がほとんどでした。

そこでこのシリーズを用人という役務を通して、上級武家の屋敷内などを書いてみたいと思ったのです。

今はこの連載は、多忙なために一時中断しておりますが、いずれ再開するつもりです。

渡り用人のシリーズは五巻出版してきていますが、今でも思い出して笑ってしまうのは、第四巻の『すみだ川』です。

隅田川では毎年将軍に披露するために、藩士たちは水泳の訓練をさせられたようなのですが、参考にした「北斎漫画」の当時の泳ぎ方が今とは違って面白くて、笑いながら書いたことを思い出します。

以上、懐かしくて、つい執筆当時の思い出話を列挙いたしましたが、多くの方にそれぞれのシリーズを手に取っていただければ嬉しく思います。

藤原緋沙子

光文社文庫

江戸のいぶき　藤原緋沙子傑作選　菊池 仁・編

著　者　藤原緋沙子

2023年6月20日　初版1刷発行

発行者　三宅貴久
印　刷　堀内印刷
製　本　榎本製本

発行所　株式会社 光文社
〒112-8011　東京都文京区音羽1-16-6
電話（03）5395-8147　編集部
8116　書籍販売部
8125　業務部

ISBN978-4-334-79549-8　Printed in Japan

組版　萩原印刷